Gabriel Maria Nerítidos

Die Alpträume
meiner Frau

AF186782

Gabriel Maria Nerítidos

Die Alpträume meiner Frau

Roman

Aus dem Spanischen
von Michael Claudio Andreas

Edition Hochgrab

Gabriel Maria Nerítidos
Die Alpträume meiner Frau
Roman
Aus dem Spanischen von Michael Claudio Andreas

Edition Hochgrab, Köln

Titel der spanischen Originalausgabe:
Las pesadillas de mi esposa
© 2012 Gabriel Maria Nerítidos

Deutsche Ausgabe
© 2014 Alexandra-Melanie Hermann
© 2019 Alexandra-Melanie Hermann

Satz und Publishing:
AMH-Publishing-Systems, Cologne
alexandra.m.hermann@gmx.de

Covergestaltung: Alexandra-Melanie Hermann
unter Verwendung einer Photographie von Michael Tobenhüter

Bibliografische Information der Deutschen Nationalbibliothek: Die
Deutsche Nationalbibliothek verzeichnet diese Publikation in der
Deutschen Nationalbibliografie; detaillierte bibliografische Daten
sind im Internet über www.dnb.de abrufbar.

Herstellung und Verlag:
BoD – Books on Demand, Norderstedt
ISBN: 9783749406982

Für meine traurige Geliebte und
die Tränen am Strand von Almeria

Introduktion

Das Handy klingelt. Mein Handy. Jahrelang habe ich mich geweigert so ein kleines mit Elektronik vollgepacktes Stück Plastik mit mir herum zutragen. Ich brauche das nicht. Wenn ich im Büro bin, habe ich ein Telefon auf dem Tisch. Wenn ich zuhause bin, kann man mich auch dort über das Festnetz erreichen. Und wenn ich unterwegs bin, da muss man mich nicht erreichen können. Ich bin sogar froh darüber. Das habe ich immer gesagt. Und jetzt habe ich mir doch so ein Ding gekauft. Es ging einfach nicht mehr. Es glaubt einem heutzutage einfach keiner, dass man kein Handy hat. „Du willst mir doch nur deine Nummer nicht geben", heißt es dann. Einen größeren Ausdruck von Misstrauen kann es schon fast nicht mehr geben. Okay, jetzt habe ich eine Nummer und deshalb habe ich jetzt in der einen Hand den Telefonhörer mit der noch nicht zu Ende gewählten Nummer und in der anderen Hand das Handy in das ich hastig „Ja, hallo", huste. Dummerweise bin ich erkältet, aber das hat, anders als meine schlechte Stimmung, nichts mit dem Handy zu tun.

Irgendwie fühle ich mich unbeholfen und auch etwas unter Stress, wenn ich mit dem schwarz glänzenden Ding telefoniere. Ich spreche meistens lauter, auf jeden Fall aber unnatürlich. „Nein, ich kann nicht kommen. Nein wirklich nicht!"

Ich bin im Büro. Ich habe es mir abringen lassen, auch im Büro das Handy an zu lassen. Alle Kollegen machen das. „Ich kann dich im Büro nicht erreichen, wenn du dauernd auf der Festnetzleitung telefonierst", sagt Evita. Ich habe gesagt, dass ich nicht gleichzeitig mit zwei Leuten telefonieren kann. Aber das war kein Argument. In letzter Zeit sind meine Argumente nie ein Argument. Und wahrscheinlich hat sie sogar Recht. Ich komme einfach nicht mehr hinterher. Ich verliere viel zu oft die Kontrolle über alles und manchmal auch fast schon die Fassung.

„Sorry", sage ich, „ich kann jetzt wirklich nicht mit dir telefonieren." Kapiert sie das denn nicht: Ich bin im Büro. Erstens habe ich zu tun, schließlich ist das ein Job hier, den ich mache und außerdem hören alle Kollegen mit und mir ist das peinlich. Ja, vielleicht bin ich fürchterlich altmodisch. Jeder quasselt die intimsten Sachen mit voller Lautstärke in das kleine Plastikkistchen, ohne mit der Wimper zu zucken tun sie das. Niemandem ist das peinlich, nur mir. Es ist mir peinlich gegenüber den Kollegen und auch peinlich gegenüber Evita. Ich bin dann befangen und sage Sachen, die ich ihr, wenn wir richtig, das heißt unbelauscht, telefonieren, nie so sagen würde. Es ist einfach der Ton. Ich bin dann fremd und unpersönlich. Das ist komisch Evita gegenüber, das ist aber auch komisch gegenüber den Kollegen. Spricht der so emotionslos mit seiner Frau, sehe ich auf ihren Gesichtern. Aber ich will die Kollegen auch nicht teilhaben lassen an unserem persönlichen Gespräch. Warum sollen sie die Kosenamen wissen, oder andere private Worte? Ich habe ihr das tausendmal gesagt, wir haben sogar für solche Fälle ein Codewort vereinbart, aber sie scheint es wieder einmal vergessen zu haben und redet und redet und ich versuche mit einem gedämpften „Mmh," nach dem anderen ihren Redeschwall zu einem sanften Ende zu bringen. Es ist nicht unwichtig was sie sagt, und ich höre sie gerne reden, aber nicht jetzt, jetzt bin ich auf der Arbeit, wir können das alles heute Abend und ganz in Ruhe besprechen. Dann fasse ich allen Mut den ich habe, sage so frisch wie möglich noch ein hoffentlich munter wirkendes „mmh" und dann nach einer winzigen Pause: „Ja, tschüüüüß" und klappe schnell das Handy ein.

Eigentlich ist damit das Gespräch unterbrochen, gewissermaßen das Äquivalent zum klassischen Auflegen. Aber dummerweise habe ich, der technisch unbegabte, aber dessen ungeachtet ungebremst neugierige Nutzer, irgendwo in den Tiefen der Optionsmenüs, zwischen einigen hübsch aufrollenden Animationen und bunten, mir immer noch in ihrer Bedeutung unerklärlichen Icons, die Grundeinstellungen so verändert, dass sich das Ding beim zuklappen in den Freisprechmodus umschaltet und jetzt Evitas Stimme quäkend in meinem Handteller liegt. Sie spricht munter weiter, denn das „Tschüüüüß" kam nur von mir, sie war noch lange nicht fertig. Ich drücke das Handy reflexartig gegen meine Wange, Fleisch hat eine ganz gute schallschluckende Wirkung, und dann kommt sie an einen Knopf im Hörer, das passiert ihr manchmal, und die Leitung ist unterbrochen. Ausnahmsweise habe ich einmal Glück gehabt. Ich atme durch. Die Kollegen tun so, als sei nichts geschehen. Ist es auch nicht. Trotzdem ist es peinlich. Ich denke an heute Abend und konzentriere mich auf die Redaktionssitzung. Noch zehn Minuten. Okay, das reicht.

Ich muss mit der Kollegin noch zwei Artikel durchsprechen. Die Kollegin ist neu. Sie ist sehr gut, aber sie kennt noch nicht die Abläufe bei uns. Ich mache mit ihr zusammen eine Serie für die nächste Ausgabe. – Verdammt, ich kann mich immer noch nicht richtig konzentrieren. Ich denke an Evitas Gegrummel. Wenn ich nach Hause komme, heute Abend, ist es hoffentlich wieder vorbei. Oder es ist zu einem massiven Grollen angewachsen. Auch das ist möglich. Man kann das nie wissen. Egal. Jetzt erst mal die nächsten zehn Minuten konzentrieren und dann in die Sitzung.

„Ihre Frau", meine ich im Blick auf das von mir immer noch krampfhaft umfasste Handy im Gesicht der Kollegin zu lesen. Aber das bilde ich mir nur ein, ganz sicher. Die ist viel zu professionell, seriös, oder wie immer man das sagen soll. Selbst wenn sie so etwas denken würde, nur für einen Bruchteil einer Sekunde, so als Gedankenblitz, sie würde es gleich wieder fallen lassen, es würde sie einfach nicht interessieren.

Ihre Professionalität gibt mir Ruhe. Endlich kann ich mich konzentrieren. Sie hat wirklich gute Ideen. Ich mache ein paar Vorschläge für die notwendigen Kürzungen, ersetze einige etwas unpassende Adjektive. Sie versteht was ich meine und hat zweimal eine noch bessere Lösung. Es macht Spaß mit ihr zu arbeiten. Sachlich, lösungsorientiert. Wenn ich so mit Evita sprechen könnte, denke ich. Aber das ist natürlich Quatsch. Beziehungswiese es ist genau das, was ich gemacht habe und was der Fehler war. Ich habe mich bei einem Projekt in Evita verliebt, bei der Arbeit. Man konnte wunderbar mit Evita arbeiten. Und es ist ein Fehler, wenn man das durcheinander bringt, das Private und die Arbeit. – Bin ich gerade dabei mich in die neue Kollegin zu verlieben? Nein, das ist Quatsch. Ich schaue kurz auf die Uhr und mache weiter.

Ja, ich habe auf ihre Figur geschaut, sie taxiert, als ich sie das erste mal gesehen habe. Alle Männer machen das wenn sie eine Frau sehen. Und dann schauen sie auf die Hände und sehen eine Ehering, oder sie hören, dass sie mit ihrem Freund oder Ehemann telefoniert oder man denk daran, dass man selber verheiratet ist. Meist denke ich recht spät daran, zumindest in der letzten Zeit. Und außerdem findet das nur wirklich in den allerersten zwanzig oder dreißig Millisekunden statt und dann denkt man wieder ganz normal. Das sind einfach die biologischen Urinstinkte und die laufen ab, ganz automatisch, und dann kommen die Kultur und die Sozialisation und die Erfahrung und bremsen die Urinstinkte ganz schnell aus. Nur keinen Unsinn machen! Außerdem hat man irgendwann und eigentlich schon ganz schnell dann das Bild, das von den Leistungen, die die Kollegin bringt und von den Erfahrungen, die man mit ihr gemacht hat, geprägt ist. Ein sachliches Bild. So ist das.

Evita glaubt mir das nicht. Ich habe zumindest den Eindruck, dass sie mir das nicht glaubt. Ich habe einmal versucht, ihr das zu erklärt. Sie hat nichts gesagt, ich glaube einmal hat sie sogar genickt. Und jeder andere hätte das als Zustimmung verstanden. Ich aber nicht. Ich bin mir sicher, dass sie das nicht glaubt. Und dummerweise weiß ich, dass sie recht hat, zumindest in einem Fall und den kennt sie nur zu gut. Aber nicht nur deshalb gebe ich gerne zu: irgendwie schwimmt da immer auch noch, nur ganz weit hinten natürlich, der Gedanke mit, dass man ja eigentlich mit ihr könnte, mit der Kollegin, der Mitarbeiterin. Nur theoretisch natürlich und wenn sie auch an so etwas denken würde und wenn man nicht verheiratet wäre und so weiter und eigentlich ja natürlich nicht. Warum auch? Für ein kleines bisschen Spaß muss man nicht mit so viel Ärger bezahlen. Man bezahlt immer. Das ist das was ich weiß. Ich sage es nicht, niemandem sage ich das, aber ich bin mir ganz sicher, dass das so ist.

Wieso kommen mir eigentlich jetzt diese Gedanken?

Die Sitzung hat schon begonnen. Ich räuspere mich und stelle kurz das Projekt vor. Nur ein paar Sätze. Die Kollegen wissen, dass es mein Projekt ist und dass ich die neue Kollegin da rein geholt habe, und dass sie das dann nachher selbstständig machen soll. Ich habe ein gutes Händchen für neue Kollegen, ich könnte auch Chefredakteur sein, den ganzen Laden hier organisieren. Aber ich fühle mich in der zweiten Reihe ganz wohl. Da hat man immer etwas mehr Zeit, die eine entscheidende Viertelsekunde mehr, um überlegt zu reagieren. Und mein Chef weiß das zu schätzen. Wir sind ein gutes Team. Ich mache das nicht kaputt, nicht durch Eitelkeiten und nicht durch irgendwelche unüberlegten Dummheiten. Aus dem Alter bin ich raus.

Es gibt keine Einwände und auch keine Änderungsvorschläge. Die Kollegin schaut mich an. So arbeitet ein Profi. Wenn ich das jetzt so sagen würde, wäre das überheblich, aber ich spüre es in ihrem Blick und dann ist es okay. Es kommt ja von ihr. Auf dem Weg zurück in mein Büro denke ich, ich sollte nicht so viel hineininterpretieren, in ihre Blicke oder Gesten. Bei Evita ist das anders. Da muss ich das, da ist das überlebensnotwendig. Aber nicht noch so etwas Kompliziertes auf der Arbeit, denke ich. Wieso komme ich immer wieder auf dieses Thema? In meinem Büro angekommen mache ich das Fenster auf: Frische Luft.

Am Abend, zuhause, ist alles in Ordnung. Ich merke das schon als ich die Tür öffne. Sie hängt gerade Wäsche auf, im Bad. Das finde ich nicht schön, sie könnte es doch auch auf dem Balkon machen, aber da hat sie Angst vor den Fliegen. Wir haben einmal darüber gesprochen, so wie über so vieles. „Die Fliegen, die setzen sich doch auf alles möglich drauf, du weißt schon, doch auch auf Sch ... , nun ja, und dann auf die Wäsche", sagte sie. Und ich hätte sie beinahe gefragt, warum sie, die doch sonst so völlig ungehemmt fluchen und schimpfen kann, sich jetzt nicht traut das Wort ‚Scheiße' in den Mund zu nehmen.

Aber ich habe sie nicht gefragt. Ich wollte sie nicht reizen oder verletzen. Sie ist manchmal sehr empfindlich.

Ich setze mich an den Tisch. Sie hat das Essen gemacht. An ihrem freien Tag macht sie immer den Haushalt. Das haben wir so abgesprochen. Ansonsten ist das mein Revier, der Haushalt, und das finde ich auch gut. Das war von Anfang an in unserer Beziehung so. Ich habe gekocht und auch die anderen – wie ich das gerne nenne – Servicearbeiten übernommen. Letztendlich ist das einfach eine Frage der Organisation. Vielleicht hat es etwas damit zu tun, das ich so lange allein war. Ich bin es einfach gewohnt diese Arbeiten zu machen.

Es ist für mich das erste Mal, dass ich in einer festen Beziehung lebe, so richtig traditionell mit gemeinsamem Haushalt. Selbst als ich schon lange mit Evita zusammen war und es eigentlich jedem, der von unserer Beziehung wusste, klar war, dass wir früher oder später ganz klassisch heiraten würden, haben wir noch zwei Wohnungen gehabt. Sie hatte noch sehr lange zuhause gewohnt, bei ihrer Mutter, und dann eine Zeit lang noch in einer kleinen Dachwohnung in einem alten Haus sehr nah an der Universität. Eigentlich eine Studentenwohnung, nicht ein Apartment für eine erwachsene Frau.

Einmal, im ersten Jahr unserer Beziehung, habe ich zu ihr gesagt: „Ich bin wohl für dich ‚Hotel Mama zwei.'" Sie hat gelacht. Sie fand das gar nicht schlimm, eher sogar amüsant.

Ich war sehr wütend, als ich das mit dem ‚Hotel Mama zwei' gesagt habe. Sonst wäre mir das gar nicht herausgerutscht. Damals war das eine Ausnahme, dass ich wütend war. Ich verliere eigentlich nie die Fassung. Doch dass sie in dieser Situation auch noch lachte, hat bei mir das Fass zum Überlaufen gebracht. Ich war zornig. Aber ich habe mich schnell wieder beruhigt und wir haben uns zusammengerauft. – Eigentlich ist das gar nicht richtig, denke ich. Wir haben uns nicht zusammengerauft, sondern ich habe es ausgehalten, es etwas ignoriert, und mir meinen Teil gedacht. Vor allem aber habe ich mich zusammengenommen und es einfach als Ausdruck ihrer Hilflosigkeit gedeutet und so habe ich es ihr dann letztendlich doch nicht übel genommen. Vielleicht war ich auch einfach nur zu feige für einen Streit, vielleicht auch damals schon, einfach nur zu müde.

Alpträume

Mit der Müdigkeit, das ist wirklich ein Problem. Seit wir zusammen sind, schlafe ich nicht mehr richtig. Zunächst hat sie mich einfach bis zum Wahnsinn erregt. Ich war noch nie so intensiv mit einer Frau zusammen wie mit ihr. Anfangs haben wir es wie Teenager miteinander gemacht, in Kleidung. Ich habe ihr unter das T-Shirt gepackt, die Finger unter den BH geschoben, hinten am Verschluss, aber sie wollte nicht, dass ich ihn öffne. Dann habe ich an den Hosenbund gegriffen. Zu der Zeit waren die Hosen an der Hüfte sehr tief geschnitten. Bei den meisten Frauen blitzte der Schlüpfer heraus, wenn sie sich vorbeugten. Ich bin tief mit der Hand hineingegangen, aber mit den Fingern nie bis zu ihrer Spalte vorgedrungen.

Wir haben uns ineinander verkrallt. Tief die Münder ineinander eingesaugt. Mich hat zuvor noch nie eine Frau so geküsst. Auch im Bett haben wir noch die Hosen angelassen und uns aneinander gerieben. Auf dem weißen Bettlaken konnte man nachher das blau ihrer durchgeschwitzten Jeans sehen. Trotzdem bin ich nie wirklich zum Höhepunkt gekommen. Nicht einmal habe ich abgespritzt, obwohl doch nichts hätte passieren können. Ich hätte schon damals wissen können, dass da etwas nicht stimmte mit uns. Aber ich habe das verdrängt.

Die ganze Nacht war ich voll unter Strom, immer kurz davor zu explodieren, und manchmal haben wir in einer

Nacht nur zwei Stunden geschlafen oder weniger. Ich habe gar nicht mitbekommen, dass sie auch normalerweise nicht schlafen konnte. Ich dachte, das sei eine Ausnahme, diese Extase. Aber es war anders. Viel später erst habe ich es gemerkt: Sie hatte Träume. Unruhige Träume, Träume die sie aufwachen ließen, und die Angst vor den Träumen ließ sie nicht einschlafen und deshalb krallte sie sich an mich. Es war nicht Erregung, es war Hilflosigkeit, Angst, Angst davor einzuschlafen.

Es hat eine ganze Weile gedauert, bis ich das verstanden habe. Richtig verstanden habe ich es bis heute nicht. Diese intellektuelle leistungsbetonte Frau lag nachts wach in ihrem Bett und der Grund, dass sie nicht schlafen konnte, war nicht ich.

„Ich muss noch etwas lesen", sagt sie und ich ziehe mich in mein Arbeitszimmer zurück. Sie hat in letzter Zeit eine ganze Menge am Hals, und ich merke, dass mir das gar nicht unrecht ist, so habe ich etwas Ruhe, zum Arbeiten, denke ich. Meistens nicke ich schon kurz nachdem ich auf meinem Schreibtischsessel sitze ein. Was ich in der Redaktion nicht schaffe, schaffe ich auch zu Hause nicht mehr. Das ist blöd und wenn die Kollegin nicht so fit wäre, hätte ich ein wirkliches Problem. Ich komme einfach nicht mehr dazu, die Routinearbeiten und die Hintergrundrecherchen zu machen. Ich bin so völlig ausgelaugt. Und es wird nicht mehr lange dauern, bis das auffällt. Das kann nicht mehr lange gut gehen. Ich fühle mich schon ziemlich nah an der Grenze. Und dann gehen mir immer wieder die Bilder ihrer Träume durch den Kopf. Wenn sie nicht schlafen kann, erzählt mir Evita ihre Träume.

Es ist meine Schuld, ich habe damit angefangen, wollte den Versteher, den Psychoanalytiker spielen. Ein fataler Fehler. Ich hätte ja auch nein sagen können. Jetzt werde ich sie nicht mehr los, diese Traumbilder. Sie laufen mir hinterher, sind immer schneller als ich und ich fürchte, dass sich die Träume und die Wirklichkeit ineinander verweben. Nur bis auf die Arbeit haben die Alpträume mich noch nicht verfolgt. Gott sei Dank.

Die Stadt

Sie ist in einer Stadt. Sie träumt oft von Städten. Sie kennt diese Stadt, vielleicht von früheren Träumen oder auch von einer Reise. Wahrscheinlich von einer Reise. Sicher ist sie sich da aber nicht. Sie wüsste gerne welche Stadt es ist, sagt sie. Sehr viel Backsteingebäude, etwas dunkel, schon sehr alt. Eigentlich eine schöne Stadt, nur eben etwas dunkel und die Straßen sind recht eng, sehr eng sogar, so eng, dass man, wenn man die Arme ausstreckt und sich ein bisschen anstrengt die Fassaden der Häuser auf der rechten und linken Straßenseite gleichzeitig berühren kann. Sie fährt durch diese Stadt, mit dem Auto, einem kleinen roten Auto. Durch das geöffnete Seitenfenster streicht ihr der Fahrtwind durch das Haar. Das Auto fährt nicht auf der Straße, sondern auf der Höhe des zweiten, manchmal auch des dritten Stocks durch die Luft. Aber es fliegt nicht, sondern es fährt, so wie es sich für ein Auto gehört. Sie spürt das Holpern des Kopfsteinpflasters und manchmal auch ein Schlagloch der Straße, die einige Meter unter dem Auto dahinfliegt.

Irgendwo ist ein Hotel, ein altes Hotel, ein Hotel mit Stil und Atmosphäre. Aber das Hotel ist nicht mehr in Betrieb. Der Aufgang, eine große Treppe, weit geschwungen, steht dunkel da. Irgendwo fehlen einige Wände, es ist ein bisschen wie eine Ruine oder eine Theaterkulisse. Sie geht die Treppe hinauf, ein langer Flur, rechts und links Türen, dann nur noch links, die Türen. Rechts fehlt die Wand und man schaut auf die Landschaft. Hier im zweiten Stock ist plötzlich rechts nur noch Landschaft. Schottische Hügel, etwas flacher als in Schottland, doch das Gras so tief grün wie man es von Postkarten kennt. Sie geht in eines der Zimmer, sie hat einen Schlüssel in der Hand. Es ist wohl ihr Zimmer, aber sie könnte auch in ein anderes Zimmer gehen. Sie ist auch in einem anderen Zimmer und wenn man aus dem Fenster geht, das ist jetzt der vierte Stock, fällt man nicht auf die Straße, sondern man ist direkt in einem Möbelhaus, in einer Ausstellung von Schlafzimmermöbeln. Sie geht über ein Bett, über zwei weitere Betten, die sehr eng nebeneinander stehen, da kann man nicht nebenher gehen, und dann ist da eine Gardine, eine Gardine die sie beiseiteschiebt, ein bisschen nur, um zu schauen was da ist, hinter der Gardine. Sie erwartet ein Fenster, denn Gardinen sind doch normalerweise vor Fenstern, aber da ist eine Bushaltestelle. Hinter dieser Gardine ist eine Bushaltestelle. Einige Leute warten, aber die Leute nehmen sie nicht wahr, obwohl sie sich auch in die Schlage stellt, einfach so, weil die anderen Leute ja auch in der Schlange stehen. Dann geht sie weiter, wieder durch das Fenster und sie ist wieder im Hotel, in einem anderen Zimmer allerdings, und so geht sie eine ganze Weile hin und her, wechselt zwischen Hotel, Möbelhaus und einer Landschaft, die jedes Mal etwas anders ist und auch in dem Hotel ist sie jedes Mal in einer anderen Etage.

Ein feiner Sprühregen schlägt auf die Fenster des Schnellzugs. Es ist lange her, dass es das letzte Mal geregnet hat. Wahrscheinlich wird es gleich einen richtigen Guss geben. Ich sitze im Zug und schaue auf die Tropfen die der Fahrtwind vor sich her treibt. Ich habe einen seltsamen Geschmack im Mund. Es kann von der Klimaanlage kommen. Vielleicht kommt es auch von dem Traum.

Ich frage mich, warum man von so einem Traum aufwacht. Evitas Träume sind mir fremd. Meine Träume sind ganz anders. Nur selten kann ich mich an einen meiner Träume erinnern, und wenn, dann verblasst die Erinnerung sehr schnell nach dem Aufwachen. Ich weiß dann nur noch, dass ich geträumt habe und nicht mehr was. Ich habe ihr das nicht gesagt. Ich habe einfach nur zugehört. Und jetzt sind die Bilder wieder da, so, als läge sie neben mir, als spürte ich noch das Zittern in ihrem Körper. Ich spüre es.

Es ist sehr fremd, was sie mir erzählt, fremd aber nicht erschreckend. Wo ist das Erschreckende, das Grausen? Liegt es zwischen den Steinen, den dunkel roten Backsteinen, aus denen die Häuser dieser Stadt gemauert sind? Sie mag Backstein, das sagt sie immer, wenn wir unterwegs sind und sie irgendwo ein Haus sieht aus Backstein. Ich weiß nicht wo das Grauen liegt, dass ihr den Schlaf raubt.

In mir ist eine abwartende, verhalten Grundstimmung, ein Schutz, der mich ihre Worte immer mit einer leichten Verzögerung wahrnehmen lässt, einfach eine Art Sicherheitsschaltung, damit, wenn das Erschreckende kommt, ich nicht zu sehr erschrecke, nicht so sehr erschrecke, dass sie noch mehr erschrocken ist, als das schon ohnehin der Fall ist. Ich will mich vor Ihrer Angst nicht ängstlich machen lassen um ihre Ängstlichkeit nicht noch zu steigern.

Wahrscheinlich erzählt sie mir das wirklich Erschreckende nicht, denke ich, und versuche zu erraten, wo in dem Erzählten der Punkt ist, an dem sie es herausgenommen hat. Aber ich finde den Ansatz nicht.

Irgendwann ist sie wieder in einer Stadt, in diesem Traum. Es ist eine andere Stadt. Sie steht in einer großen Menge von Menschen, die sich vor einer Kirche mit einem übermäßig hohen Turm versammelt hat. Ihre Worte erzeugen in mir ein Bild von einer übergroßen, verzerrten Fassade, einer Mischung aus Gaudi Kathedrale und Kölner Dom. Zwei Türme die asymmetrisch in den Himmel jagen, auch wenn sie nur von einem Turm spricht. Über große schwarze Lautsprecher hört man eine Stimme wie von einem Fußballreporter. Von der Turmspitze springen Leute, sie sind an einer Art Bungee Seil angebunden. Aber das Seil ist viel zu lang, es spannt sich nicht einmal ein bisschen. Die Leute springen von der Turmspitze und rammen mit dem Kopf in den Boden, so, dass nur noch ihre Füße heraussstehen. Oder sie werden mit den Füßen soweit in den Boden gerammt, dass man nur noch ihre schreiend nach oben gestreckten Hände aus dem Boden herausragen sieht.

An der Stelle wo die Leute in den Boden gerammt werden springen die Zuschauer entsetzt auseinander. Aber so richtig erschrocken ist niemand. „Da ist wohl etwas schief gegangen", sagt die Reporterstimmen fast sachlich. Da müsse man wohl etwas anders machen, aber vielleicht sei ja der nächste Sprung besser. Aber auch der nächste Springer wird wieder in den Boden gerammt. Irgendwann hört man auf mit dem grausigen Spektakel. Nicht wegen des Grausens oder des Entsetzens, nein einfach so, weil es Abend geworden ist, oder weil man es ja schon eine ganze Weile gemacht hat, oder weil einem etwas anderes eingefallen ist. Und dann wacht sie auf: Müde, gelähmt, entsetzt.

Sie schaut mich nicht an, während sie mir das erzählt. Ihr Blick geht an die Decke, eigentlich immer zu derselben Stelle. Sie sagt nichts mehr. Ich spüre den faden Geschmack des horriblen Sarkasmus ihres Traumes auf meiner Zunge.

Ich kann nichts sagen. Sie nimmt mir das meist übel, wenn ich nichts sage. Ich habe ihr oft versucht das zu erklärt, dass das nichts mit mangelndem Interesse zu tun hat, oder mit fehlendem Einfühlungsvermögen. Es ist einfach nur Hilflosigkeit, manchmal auch der Versuch von Rücksicht, in dem meine Furcht mitschwingt, sie durch ein falsches Wort ganz ohne Absicht zu verletzen. Und sie ist sehr verletzlich. Diesmal nimmt sie mir mein Schweigen nicht übel. Zumindest habe ich den Eindruck und das entspannt mich ein wenig. Ich umarme sie und sie nimmt die Umarmung an.

Der Schaffner will von mir die Fahrkarte sehen. Ich verstehe nicht sofort. Er ist einer dieser bodenständigen Typen, die schon bei der Bahn waren, als die Bahn noch ein großer Staatsbetrieb war und nicht aufgespalten in verschiedene wirtschaftlich orientierte Gesellschaften für die schicken schnellen Züge und den langsamen Rest. Im Gesicht des Mannes steht eine Mischung aus selbstbewusster Routine und mürrischer Frustriertheit. Ich zeige ihm die Karte und er wünscht mir eine gute Fahrt.

Schläge im Kopf

Es hat sich dann schon bald einiges verändert in unserer Beziehung. Es lässt sich an einem ganz konkreten Datum fest machen. Wir waren noch nicht verheiratet, hatten noch die zwei Wohnungen.

Ich habe mir das Datum in den Kalender geschrieben, in meiner Kurzschrift, damit nur ich es lesen kann. Ich habe die Katastrophe, die da hereingebrochen ist markiert, ich habe sie markiert, damit ich sie nicht vergesse. Ob es mir geholfen hat weiß ich nicht.

Man neigt dazu, das ganz Schlimme beiseite zu schieben, es schnell zu verdrängen, es ein bisschen umzuinterpretieren und es dann sofort zu vergessen. Irgendwann scheint immer wieder die Sonne und dann schiebt man auch das Dunkelste des Dunklen beiseite. Das will ich nicht. Ich will mich daran erinnern. Will es nicht vergessen, will es behalten. Nicht weil ich es schön finde, sondern aus Schutz. Ein Schutz davor, nicht zu sehr zu erschrecken, wenn es wieder hervorbricht. Eine Strategie um zu überleben.

Ab und zu schaue ich in den Kalender. Ich weiß dass der Eintrag da steht. Ich übertrage ihn jedes Jahr. Ich habe ihn immer dabei. Das Bezeichnete verlässt mich nicht. Manchmal ist es nur flüchtig, das Erinnern; aber manchmal wirft es mich auch um, dann ist die Erschütterung wieder voll da, auch jetzt noch.

Ich sitze in meinem Büro. Mittlerweile habe ich ein neues Büro, mit einem Vorzimmer und einer Sekretärin. Heutzutage ist das Luxus. Ich kenne nicht mehr viele Kollegen, die das haben. Anfangs war mir das fast so etwas wie unangenehm, aber wenn man ein eigenes Blatt leitet, braucht man das. Doch man gewöhnt sich schnell daran. Irgendwie habe ich mich dem beruflichen Aufstieg nicht entziehen können, denke ich manchmal. Das hört sich arrogant an. Bin ich arrogant geworden? Wahrscheinlich gehört ein bisschen Arroganz sogar zum Erfolg dazu, sonst funktioniert es nicht. Aber ich weiß nicht mehr, ob ich das wirklich schaffe, diesen Weg weiter so zu gehen. Ich bin müde.

Es sieht nur noch außen so glänzend aus. Eigentlich ist von dem Traditionsblatt, für das ich jetzt arbeite, nur noch der Name da. Zwei Fusionen in einem Jahr und dann dreimal den Besitzer gewechselt. Für mich war es der Schritt von Bilbao nach Sevilla. Die haben mich eingekauft, wie man einen ausländischen Fußballstar einkauft für den darbenden Heimatverein. Ich konnte sogar Bedingungen stellen. Aber an der grundsätzlichen Struktur war natürlich nichts zu ändern. Die Redaktion für den Mantel sitzt in Madrid. Das sind nur noch ein paar Festangestellte; der Rest sind Freie, viel Berufsanfänger. Manchmal habe ich das Gefühl, dass heute jeder, der mehr als einen Fünfwortsatz pro Minute auf einer Tastatur hämmern kann, meint Journalist werden zu müssen.

Ich bin ärgerlich, oder eigentlich eher nervös. So als wenn ich gleich ein Statement abgeben müsste, unvorbereitet zu einem unangenehmen Thema und irgendwelche wichtigen Leute sind da und ich muss reden, obwohl ich nicht will. Aber das ist es nicht, es ist etwas ganz anderes. Ich weiß was jetzt kommt, nur zu gut, kenne jeden Bruchteil einer Sekunde von diesem Programm.

Und dann dauert es nicht mehr lange und ich merke, wie es mich wieder anfliegt. In meinem Kopf jagen sich die Bilder. Das hat nicht mit den Kollegen zu tun, nicht mit der Arbeit. Ich weiß das. Ich nehme den Kalender, schlage die Seite auf. Meine Hand zittert, nicht viel, aber ich bemerke es. Ich habe die Sekretärin nach Hause geschickt, vor einer halben Stunde schon. Niemand ist mehr auf der Etage. Gott sei Dank. Trotzdem habe ich die Tür abgeschlossen. Ich habe den Eintrag im Kalender aufgeschlagen. Warum soll ich es nicht sehen? Ich habe keine Angst vor der Erinnerung. Ab und zu brauche ich das. Ich will es wieder spüren. Ich fahre mit den Fingern über die Schrift. Es ist schon einige Jahre her, nicht nur ein Jahr oder zwei. Einen Moment überlege ich ob ich das will. Kann ich mich noch entscheiden? Es gibt einen Augenblick in dem ich noch abbrechen kann. Irgendwie passt mein Unterbewusstsein das ab. Wenn es geht, wenn ich alleine bin, dann fliegt es mich an. Manchmal auch wenn es eigentlich nicht geht. So ab und zu muss es herauskommen, sonst bricht es hervor, wenn es ganz und gar nicht passt. Das denke ich immer um mich zu entlasten, dann, wenn es passiert ist. Es ist ein Fehler zu meinen man hätte es unter Kontrolle. Man hat nie etwas unter Kontrolle. Meistens will ich gar nicht zurück. Ganz bewusst will ich den Moment für den Abbruch verpassen. Damit es mich dann richtig stark anfällt.

Ich fange für einen Moment an heftig zu zittern, habe Angst ohnmächtig zu werden oder einen Schreikrampf zu bekommen. Das soll keiner mitbekommen. Niemand darf das wissen. Ich bin doch nicht verrückt. Das war zu heftig. Ich schlage den Kalender zu. Warum fällt es mich den heute so an?

Ich trinke einen Schluck Wasser, aber das Glas passt nicht an meine Lippen. Ich verschütte das Wasser. Scheiße. Hätte ich doch noch meinen alten Schreibtisch mit der Kunststoffauflage. Das Wasser zieht in das Leder der Schreibtischunterlage ein. Ich habe nichts zum Aufwischen. Ich ziehe mein Hemd aus der Hose und versuche es damit. Ich kann nicht mehr. Irgendwo habe ich doch noch etwas Traubenzucker. Das Zeug ist schon alt. Der zu Täfelchen gepresste Zucker in den kleinen Zellophan-Päckchen zerkrümelt. Ich schütte mir das Zeug auf die Handfläche und lecke es mit der Zunge. Ich lande irgendwie auf meinem Stuhl. Das Bild ist vor mir. Ich bin darin. Ganz real. Es dauert eine Weile, dann beruhige ich mich wieder. Sicherheitshalber lege ich mich auf den Boden. Dann kann nichts passieren.

Schläge real

Alptraum. In meinem Kalender steht Alptraum! Nur dieses eine Wort und ein Ausrufezeichen. In den verschlungenen Zeichen meiner Kurzschrift, die nur ich lesen kann, steht es da. Es ist wirklich.

Ganz klar sehe ich das Bild. Ich höre ihre Stimme. Ich kann kaum atmen. Wir sind im Wohnzimmer. Sie schimpft. Sie kann fürchterlich schimpfen, motzen, ungehalten über alles und jedes. Sie verliert jeden, auf keinen kann sie sich verlassen. Man denkt man ist mit jemandem befreundet und von einem Moment auf den anderen ist alles hin. Sie hat mit einem Freund von früher ein Krepp gegessen, sie kann ja nicht ausgehen mit mir, damit es keiner auf der Arbeit mitbekommt, dass wir zusammen sind. Sie muss doch einmal mit jemandem ausgehen. Ich habe sie aufs Handy angerufen, da war sie gerade in dem schäbigen Imbiss. Zu mehr hat es nicht gereicht, einfach nur ein schäbiger Imbiss und ein Krepp, mit etwas Marmelade aus einer großen Blechdose, so wie sie in Kantinen und Jugendherbergen benutzt werden. Der Freund hat gefragt „Was that your boyfriend?" Er hat es auf Englisch gefragt, mit einem russischen Akzent hat er Englisch gesprochen, so als ob das witzig sei. Er ist ein Idiot. Sie schimpft weiter. Er ist der Freund ihres Ex-Freundes, sagt sie. Ich muss schlucken. Ich mag es nicht, wenn sie von ihrem Ex-Freund spricht. Sie spricht von ihm so präsent, so sehr in der Gegenwart, dass ich sie manchmal in seinen Armen zu sehen meine, zumindest ihn irgendwie auf ihrer Haut wahrzunehmen scheine, auch wenn das seltsam klingt.

Er ist ein kleiner hässlicher verwachsener Mann, dieser Freund ihres Ex-Freundes, ein hässlicher Mann, den sowieso keine Frau ansieht. Sie schimpft. Sie verliert alle. Immer wieder sagt sie diesen Satz. Sie ist ganz allein. Sie wird noch verrückt. Immer wieder sagt sie, dass sie den Verstand verliert, dass sie verrückt wird.

Ich stehe daneben und sage nichts, kann nichts sagen, was soll ich auch sagen. Ihre Hände bewegen sich hektisch, die Unterarme gehen rauf und runter in einem engen Bogen, hektisch, verspannt. Sie sagt, dass sie zu blöd ist für diese Welt, dass sie den Verstand verliert, immer wieder sagt sie das. Sie geht ins Bad, vor den Spiegel. Sie verliert die Haare, sie bekommt eine Glatze. Zu blöd ist sie, viel zu blöd, sie verliert den Verstand. Ihre Fäuste sind geballt. Und dann schlägt sie sich mit den Fäusten auf den Kopf, feste schlägt sie mit den harten Knöcheln der krampfenden Fäuste auf ihre Schädeldecke. Es klingt hohlstumpf.

Ich stehe davor, sehe wie sie sich schlägt, auf den eigenen Kopf.

Es ist eine irreale Szene. Ich sehe etwas was eigentlich nicht passieren kann. Es ist ungeheuerlich. Ich ahne noch nicht, wie sehr es gleich mich anfassen wird, das Ungeheuerliche.

Ich packe sie, greife zwischen die Arme, versuche sie zu umarmen, versuche mit der Umarmung die Hände nach unten zu bringen, die Fäuste weg vom Kopf, auf den sie schlagen. Ich spüre ihre scharfen Fingernägel. Sie graben sich ein in meine Haut, in das Fleisch meiner Unterarme. Ich komme nicht richtig dazwischen. Immer noch treffen ihre Fäuste auf ihren Kopf. Ein hartes, hohl resonierendes

Klopfen, Fingerknöchelknochen auf Schädeldeckenknochen.

Ich packe sie fester, endlich habe ich sie. Ich presse ihren Körper an meinen. Mit den Armen, mit meinem ganzen Körper halte ich sie. Es ist immer noch nicht sicher aber ich habe sie fast unter Kontrolle. Sie schlägt sich nicht mehr.

In der Spannung, in der ich sie halte, zittere ich. Ich brauche einen Moment zum Durchatmen. Alles in mir ist bis zum Zerreißen gespannt. Und dann merke ich, dass ich erregt bin. In mir geht etwas auf. Plötzlich. Ganz schnell. Eine Kette von lange verborgenen gehaltenen Motiven und Antrieben saust auf verschlungenen Wegen durch mein schreckgelähmtes Bewusstsein, setzt die vielen Teile des unterdrückten Verlangens zu einem übermächtigen Impuls zusammen. Meine Hand hebt sich und saust zielgerichtet auf ihren Po. Ja, ich gebe ihr einen kräftigen Klaps auf den Po. Mit der flachen Hand gebe ich ihr etwas hinten drauf. Klatsch, klatsch, klatsch.

„Wenn du Schläge brauchst, bekommst du sie von mir", kommt es aus meinem Mund. Noch ein Klaps landet auf ihrem Po. Man schlägt sich doch nicht selber und nicht auf den Kopf, denke ich. Wenn man was braucht, gibt es das auf den Po.

In der dunklen Gedankenwolke in meinem Hirn surrt es in einem fort: Sie braucht es. Sie braucht Schläge. Schläge! Auf den Po braucht sie es!

Das Bild ihrer auf den Kopf sausenden Fäuste hat meine ängstlich zugeschnürte Seelenkammer an den empfindlichsten Stellen mit einer wild tosenden Batterie wirrer Hormoncocktails bombardiert. Meine gelähmte Angst schlägt um in Aktion. „Das ist es", denke ich: „Sie braucht das und ich will es." Für einen Moment glaube ich wirklich, dass der Ring sich schließt. Sie braucht Schläge und ich schlage sie. Klatsch auf den Po. Doch hinter der Dunkelheit dieses Gedankens wartet unübersehbar deutlich, mit einem dumpfen Gefühl, schon der andere Gedanke, der sagt, dass das nicht so ist und dass ich das auch weiß.

Noch ein Schlag landet auf ihrem Po.

Er sitzt gut, der Klaps, den meine Hand ihr gibt. Sie reißt sich los. Wir stehen in dem kleinen Zimmer das Küche, Schlaf- und Arbeitszimmer ist. Wir stehen einander gegenüber. Sie brüllt mich an: „Du bist krank, du bist pervers. Wo es mir so schlecht geht, schlägst du mich. Es macht dich an, wenn es mir schlecht geht. Du bist krank, ich wusste nicht, dass du so krank bist. Ein sadistisches Experiment machst du mit mir."

Ich schäme mich. Die Tür ist aufgegangen, durch diese Szene. Ich empfinde Lust dabei wenn es etwas auf den Po gibt. Ja das stimmt. Immer und immer wieder denke ich an das Poversohlen. So ein Frauenpo erregt mich fürchterlich. Ich liebe es, wenn er stramm in der Hose sitzt. Richtig stramm, und ich gebe gerne etwas drauf. Höre das Klatschen der Hand auf dem fest über den drallen Po gespannten Stoff. Und immer läuft in mir ein Programm, dass versucht einen Anlass dafür zu finden, der mir erlaubt das zu tun.

Ich versuche mich zu wehren, mit Worten. Ja ich mag das Poversohlen, aber doch nicht in dieser Situation. Ich liebe sie doch, sage ich und es stimmt. Doch meine Argumentation ist schwach und gebrochen. Ich glaube sie mir selber nicht so ganz. Es hilft nichts. Sie schmeißt mich raus. Mit einem so fürchterlichen Menschen kann sie nicht zusammen sein. „Ich kenne dich gar nicht. Was hast du für Abgründe in dir." Sie will sich nicht damit beschäftigen mit diesem ganzen sadomasochistischen Zeug, mit meiner Krankheit, wie sie es nennt. Sie will einfach nur ein ganz normales Leben eine ganz normale Beziehung.

Wir stehen noch lange im Flur unten an der Tür. Ich habe Tränen in den Augen, aber sie sieht sie nicht. Immer wieder sage ich: „Bitte verzeih mir." Irgendwann fahre ich. Es ist zwei Uhr nachts als ich in meiner kleinen Wohnung ankomme. Ich lege mich ins Bett. Ich kann nicht schlafen. Mein Kopf platzt, bestimmt platzt er gleich, wahrscheinlich ist es schon passiert, ich merke nur noch nicht wie er auseinander fliegt. Der Druck ist so riesengroß.

Ich kann nicht schlafen. Ich habe das Bedürfnis bestraft zu werden. Eine gute Tracht Prügel zu bekommen. Ich versuche es mir selber zu machen. Ich reibe meinen Schwanz, gebe mir einen Klaps auf den Po. Aber es kommt nicht. Ich liege einfach nur still. Nur nicht denken. Einfach aushalten.

Das Telefon schellt. Sie ist dran. Sie wollte nur wissen ob ich angekommen bin. Ich bin angekommen. Damit sollte das Gespräch eigentlich zu ende sein, ist es aber nicht. Ich spreche und sie spricht. Die ganze Nacht Telefongespräche. Das ist die Strafe. Manchmal legt sie auf, einmal auch ich. Viele Vorwürfe, viel Schweigen, mitunter auch einmal ein Versuch etwas zu erklären. Kaum Verständnis bei ihr. Und ich immer ich in der Rolle des Schuldigen. Nur ganz am Schluss, so gegen vier Uhr, versuche ich auch einmal eine Erklärung. Versuche meine Position darzustellen. Ich war geschockt, über die Schläge, die sie sich gegeben hat, sage ich. Und das stimmt doch auch. Und dann wird mein Mund noch trockener als er ohnehin schon ist, ich zögere, aber ich spreche weiter: „Es gibt eben manchmal Situationen, in denen das sein muss. Wenn man es auf den Po gibt schadet das gar nichts, ganz im Gegenteil."

Für den letzten Satz schäme ich mich besonders. Er stimmt doch gar nicht. Und ich glaube das auch nicht. Nur ich selber habe im Kopf, dass ich das ab und zu brauche. Es ist alles so verschroben in mir, wenn ich in dieser Stimmung bin, wenn es mich anfällt, es ist wie als wenn ein autonomes Programm in mir läuft, das seine Ressourcen von anderen Prozessen abzweigt.

Dann schlafe ich zwei Stunden. Es ist acht Uhr, ich muss aufstehen. Ein Stresstag wartet auf mich. Zuerst zwei Banker, schleimige Berufseinsteiger, aber schon eiskalt. Das Gespräch bringt gar nichts. Die meinen sie könnte ihre PR bei mir platzieren, halten mich für einen grünen Jungen. Aber ich komme auch nicht an irgendwelche verwertbaren Informationen heran. Aus dem Projekt wird nichts. Da ist kein Thema drin. Wie man es auch dreht, es ergibt einfach keine Story. Wahrscheinlich wissen die beiden gelackten Jüngelchen selber nicht, was in ihrem Hause wirklich läuft. Die gehen mit Scheuklappen durchs Leben, glauben die hohlen Floskeln die sie dreschen selber. Zeitverschwendung.

Dann ein schon lange terminiertes Gespräch mit einer Kollegin aus Barcelona. Wir haben den Termin unter einem Vorwand vereinbart. Eigentlich geht es um ihren Job. Sie will den Schritt in die Freiberuflichkeit wagen. Will sich aber auch absichern. Ich mache ihr ein Angebot, kalkuliere das mit ihr durch. Ich könnte sie gebrauchen. Bei der Verhandlung bin ich erstaunlich konzentriert, auch als es um die kritischen Details geht. Ich glaube das Konzept ist gut. Ich habe ihr wirklich geholfen, sagt mir ihr Gesicht. Und für uns ist es ein guter Deal. Perfekt.

Langsam fühle ich mich wieder als Mensch, nicht als das Schwein zu dem mich die Abgründe der Nacht geschimpft haben, zu dem ich mich habe schimpfen lassen.

Im nächsten Termin, der Verleger hat einen neuen Partner, muss ich mich zusammen nehmen, aber auch hier komme ich mit der Müdigkeit klar. Das Gespräch läuft gut. Ich kann auf gute Zahlen verweisen. Stelle die Qua-

lität unserer Artikel heraus. Mit den beiden letzten großen Serien haben wir landesweit die Themen gesetzt. Die
elektronischen Medien haben das dann aufgegriffen. Wir
waren die Trendsetter. Das muss uns erst einmal jemand
nach machen. Ich entspanne mich. Und wieder beginne
ich mich als ein Mensch und nicht mehr als ein abgrund-
tiefes Schwein zu fühlen. Ich kann meinen Job. Noch einige Telefonate dann nach Hause, Schlafen. Traumlos.

Ich stoße leicht mit dem Kopf an den Bürostuhl. Irgendwie ist der neben mich gerollt, als ich auf dem Boden
lag und in meinen Phantasien war. Die Erinnerung an die
Szenen schwindet langsam. Ich bin wieder in der Gegenwart. Ich bin mir nicht sicher, aber ich glaube es ist nichts
passiert heute. Manchmal verletze ich mich, scheure den
Ellbogen am Teppichboden auf oder habe einen Krampf
in der Wade, der Hüfte oder auch im Hals. Doch diesmal
war es wohl nicht so schlimm.

Ich stehe auf, kann mich orientieren. Für den Schreibtisch kaufe ich am nächsten Morgen eine neue Unterlage
und sage meiner Sekretärin, dass ich die von einem Ge-
schäftspartner geschenkt bekommen habe.

Seelenstaub

Ich habe einmal versucht festzustellen, wie oft ich das brauche, man könnte auch sagen wie oft es passiert, das Eintauchen in diese Alpträume. Es gibt da keinen festen Rhythmus. Früher war ich erschrocken wenn es passiert war, angewidert von dem Ekel, den die Erinnerung an die Aktion in mir erzeugte und die Spuren, die nicht zu leugnen waren. Das habe ich nicht gewollt. Danach habe ich dann immer versucht, es möglichst lange zu unterdrücken. Mich von diesen Gedanken fern zu halten. Aber das funktionierte nur eine gewisse Zeit lang. Schon in meiner Kindheit ging das nicht lange gut. Ab und zu musste es passieren. Damals hatte ich niemanden mit dem ich darüber sprechen konnte. Ich sperrte es in mir ein. Es war ein Geheimnis, in mir, fest verschlossen. Ein grausames Geheimnis, schockierend und Angst einflößend. Erst Evita hat es aufgeschlossen. Sie hat einfach ihre Angst dazugelegt. Und dann habe ich ihr es ganz ganz langsam eröffnet. Bei meinen Zuhör-Orgien habe ich es immer wieder eingeflochten, zwischen den kleinen „mhms" und den sanften „jas". Ich habe es in die trocken klaffenden Spalten ihre Alpträume gelegt. In die feinen Risse ihrer Seele hat sich der Staub meiner dunkel verborgenen Sehnsucht gelegt. Und so hat sich meine Angst an der ihren fest gesaugt. In dem Moment wo ich es in ihren Augen gesehen habe, da sind wir ein Paar geworden. Ich habe lange nicht verstanden, dass es bei ihr ganz anders ist, vielleicht gerade weil wir uns so ähnlich sind.

Ein äußerer Anlass kann es hervortreten lassen. Auch heute noch. In London zum Beispiel, nachmittags, in einer Sitzungspause, ein angenehm warmer Spätsommertag. Wir verhandelten gerade mit einem englischen Verlagshaus über eine Kooperation für ein neues Internetprojekt. In dem Bereich müssen wir unbedingt viel mehr tun. Ein Verlag braucht den Medien-Mix. Das ist meine Überzeugung. Nicht auf den Hype setzen, das tun alle, sondern sich fragen was das wirklich neue ist, und dann daraus ein Produkt machen. Wir haben sehr hart verhandelt. Aber Pausen sind wichtig. Da lege ich Wert drauf.

Wir sind durch die City geschlendert, einige spanische Kollegen, die ich erst seit einigen Tagen kannte, und zwei Banker. Für den einen war es wohl der erste große Deal. Ich finde das immer interessant zu sehen, wie die junge Generation in die alten Hülsen hinein wächst. Wie sehr sie die Vorurteile ihrer Vorgesetzten übernehmen, wenn sie deren Positionen bekleiden. Vielleicht müssen sie das auch, aber sie könnten es doch auch anders machen, denke ich. Schließlich sind sie jetzt ja die Entscheider. Ich habe immer gedacht, dass ich es anders machen würde. Ich glaube auch, dass ich es anders gemacht habe. Aber deshalb bin ich auch wohl ein etwas kurioser Außenseiter. Und in dem Moment wo ich das denke, schnappt es zu und es brüllt in meinem Kopf: Ausrede! Du bist aus einem ganz anderen Grund anders.

Der junge Banker sprach von Dividenden, sehr aufgeregt, war noch ganz in der Verhandlung. Er hatte noch nicht gelernt, dass es wichtig ist abschalten zu können, auch gerade dann, wenn es so kurz vor dem Abschluss steht. Ich überlegte gerade ob ich ihm dazu etwas sagen sollte. Eigentlich mache ich das nicht, denn es geht regelmäßig schief, wenn man ungefragt Ratschläge gibt. Das ist meine Erfahrung.

Aber noch bevor ich etwas sagen konnte, waren da in einem kleinen Park ein junger Punker und eine Frau, etwa gleichaltrig. Der Punker hat von einer der Weiden, ich glaube es war eine Hängeweide, einige der dünnen geschmeidig langen Äste abgerissen, die Blätter abgestreift und dann hat er die Frau damit gepeitscht, auf den Rücken. Sie ist vor ihm fortgelaufen und er hinterher. Es war wohl ein Spiel. Sie hat es nicht wirklich gemocht, aber sie ist auch nicht wirklich schnell fortgelaufen. Sie hatte eine Jacke aus Leder an und die Äste machten ein helles klatschendes Geräusch.

Die Kollegen haben gelacht, auch der junge Banker, und ich habe gehört: „So kann man das auch machen", und dann wurde noch mehr gelacht. Da war es bei mir wieder. Das Verlangen. Ich habe gedacht wie gut die Frau es doch hat und ich wäre auch gerne der Punker gewesen. Sich das so zu trauen, öffentlich. Ich glaube man hat mir nichts angemerkt. Die internen Sicherheitsvorkehrungen funktionieren. Auch ich habe gelacht, wie die anderen, nur einen ganz kleinen Moment später, genau den Moment später, den ich brauchte um das Lachen der anderen zu registrieren. Sicherheitsschaltung. Normal reagieren, so wie die anderen.

Erst abends im Hotel, da habe ich mir die Erinnerung an die Szene vergegenwärtigt und es hat mich geil gemacht. Die ganze Nacht habe ich nicht geschlafen vor Erregung. Am nächsten Morgen war ich ausgebrannt und konnte mich nicht konzentrieren. Das war nicht gut für die Verhandlungen. Die Kollegen haben es auf das Wetter geschoben und ich habe nicht widersprochen.

Hundepeitsche

Eine zeitlang hat das funktioniert, mit dem Ankoppeln an die Alpträume meiner Frau. Es hat mir den Druck genommen und es ist nur noch ab und zu aus mir heraus gebrochen. Es war fast so, als ob ich es unter Kontrolle hätte. Schon in der Zeit, als wir noch nicht zusammen wohnten habe ich begonnen mich in ihren Alpträumen einzurichten. Ich habe etwas von der spröden Bitterkeit ihres trockenen Sarkasmus genippt. Es war wie ein Gegengift. Und dann passierte es doch wieder, dass es mich überwältigt hat. Ein Stück Alptraum lugte zwischen Bettdecke und Kopfkissen hervor, schlang sich um meinen Hals und zog mich in seine lähmende Wirklichkeit. Es war kein Traum, auch keine Geschichte, die man erzählt, es passierte im Jetzt.

Sonntag, nein Samstag um zwei kommt Besuch: Ihr Bruder, Schwägerin und die zwei Kinder. Ich bringe ihr einen Klappstuhl, hinten aufs Fahrrad gebunden, quer durch die Stadt. Sie hat zu wenig Stühle in ihrer Einzimmer-Dachgeschosswohnung die sie jetzt bewohnt. Ich habe den Klappstuhl noch sauber gemacht und ihr gezeigt, wie man ihn feststellt, damit er nicht zusammenklappt, wenn man sich auf ihn setzt. Dann gehen wir in den Keller, ich will Joggen gehen, habe meine Jogginsachen an, die eng anliegende Hose und die graue Jacke. Sie hat ein Stück alten Teppichboden mitgenommen und noch einige andere Sachen in einer Kiste. Sie will sie in den Keller des Vermieters tun. Dort hat sie eine kleine Ecke zum Abstellen. Das Haus ist von 1905. Im Keller alte Bilder auf den unverputzten, gestrichenen Backsteinen, einig Kinderzeichnungen, einige Gemälde in Rahmen, fast schon museumstauglich, aber nicht wirklich. Eine Mischung aus Rubens und Naiver Malerei.

Sie macht mit der Hand den Teppich sauber, zupft die Flusen von dem Teppichstück, schüttelt ihn. Ihre Hände sind wund. Ich schaue auf die Wände. Neben dem Kellerfenster hängt an einem Harken eine Ledergerte, ein Durchschlag aus schwarzem Emaille und eine lange Kordel. Ich gehe einen Schritt zurück. Ja da hängt wirklich eine Ledergerte, eine alte Gerte, eine Hundepeitsche. Die ist noch original, aus der Zeit in der damit Kindern der Po ausgehauen wurde. Ich kann nicht anders als da hinschauen. Der Gerte sieht man an, dass sie viel benutzt worden ist. Brauner Ledergriff, geflochten, eine Klatsche oder eine etwas breitere Schlinge am Ende. Ich senke den Blick. Ich habe Angst, dass meine Frau bemerkt, dass ich immerzu auf die Gerte schaue. Wir gehen nach oben.

Etwas später bin ich wieder im Keller. Ich gehe Joggen, habe ich gesagt, aber ich bin nicht in den Fahrradkeller gegangen, um das Rad zu holen und in den Park zum Joggen zu fahren. Ich bin wieder in den Keller des Vermieters gegangen. Habe den nicht verschlossenen Holzverschlag geöffnet. Und jetzt stehe ich da vor der Gerte, schaue sie genau an. Ja das ist eine Gerte mit der Popos verstriemt worden sind. Damit hat es etwas gesetzt. Das Teil ist original. Und sie hängt noch hier, so ganz offen. Der Keller wird von vielen benutzt. Sie hängt noch da, ganz selbstverständlich, und ich packe die Gerte an. Das Leder ist viel gebraucht, die geflochtenen Streifen sind teilweise so abgewetzt, dass sie nicht mehr aneinander halten. An zwei

Stellen hat jemand eine dünne Schnur, einen kräftigen Zwirn, um die Gerte gewickelt, damit sie zusammenhält. Sie ist also auch noch geflickt worden. Sie zeigt deutliche Abnutzungsspuren, die Gerte. An dem Popos ungezogener Kinder ist sie abgenutzt worden. Wahrscheinlich hat der Vermieter damit von seinem Vater Schläge bekommen und vielleicht auch noch seine Kinder damit erzogen. Im Keller hängen an einigen alten Schränken Bilder von Politikern aus den frühen 70er Jahren. Zu der Zeit gab es noch kräftig Prügel für Kinder. Ich bin in der Zeit aufgewachsen, ich weiß das.

Ich nehme die Gerte vom Harken, vorsichtig, Da hängt noch ein Durchschlag, ein altes Abtropfsieb aus Emaille darüber. Und dann ziehe ich mir die Hose runter und lasse diese Gerte auf meinen nackten Po sausen. Es macht mich Geil. Die Gerte zieh wunderbar. Der schwere Lederriemen gräbt sich in die Pobatzen, genauso wie ich mir das immer vorgestellt habe wie es sein muss, wenn man etwas mit dem Striemer bekommt. Oh macht mich das geil. Ich bekomme Schläge mit einer Gerte die wirklich zum Kindererziehen benutzt worden ist. Ich reibe meinen Po, bin steif und muss aufpassen, dass ich nicht abspritze.

Und dann sehe ich, dass die Kordel, die ich für eine Kaminschnur gehalten habe – ich weiß auch nicht wie ich auf diesen Gedanken gekommen bin –, dass diese Kordel eine Peitsche ist. Auch sie richtig abgewetzt. Damit ist viel geschlagen worden.

Ich denke an einen Schwarzweißfilm, den ich als Kind gesehen habe, zusammmen mit meinem Bruder und meiner Mutter. Eine junge Frau war in – ich glaube – einen Soldaten, verliebt und er warb um sie. Aber sie erhörte ihn nicht. Nachdem sie ihm endgültig eine Abfuhr gegeben hatte und die Mutter das auch akzeptierte, obwohl sie den jungen Mann attraktiv fand, fing die Tochter plötzlich an um den jungen Mann zu werben. Sie wurde ganz verrückt als er noch einmal im Haus der Mutter vorsprach um sich dann in den Krieg zu verabschieden. Und die Mutter, der das ganze hin und her langsam zu viel wurde und die ihre Tochter zur Vernunft bringen wollte, sagte: „Wenn du weiter so verrückt spielst, hole ich gleich die Peitsche vom Dachboden." Mein Puls ging hoch.

Mein Bruder hatte den Satz nicht verstanden. „Was will sie holen?", fragte er. Für ihn war eine Peitsche einfach kein Gegenstand, der in seiner Gedankenwelt vorkam, insbesondere nicht, wenn es um Liebe ging. Deshalb hatte er das nicht verstanden. Und ich log und sagte, „weiß nicht, habe ich auch nicht verstanden." Und hoffte, dass man mir es nicht anmerkte, dass ich log.

Ja, diese Peitsche ist zum Bestrafen gebraucht worden. Ich stehe davor und wünsche mir gezüchtigt zu werden. Und oben sitzt in ihrem kleinen Zimmer meine Frau und bereitet den Besuch der Familie ihres Bruders vor. Familienidylle in Zeiten des Prekariats und ohne mich.

Ich bin dann nicht mehr Joggen gegangen. Ich habe mich in meiner Wohnung ins Bett gelegt, mir meinen gestriemten Hintern gerieben und ordentlich abgespritzt.

Das ist schon sehr lange her. Aber es ist immer noch ganz frisch in meinem Kopf und es erregt mich sehr.

Ich habe schon sehr früh begonnen mich selbst zu schlagen. Meist waren es nur sehr leichte Schläge. Nur wenn ich als Kind lange alleine zuhause war, ein oder zwei Tag, dann habe ich mich nackt in ein gelbes Regencape oder in einige blaue Plastiktüten gepackt, auf den roten Klapphocker geschnallt und mir langsam immer fester etwas auf den in Plastik gepackten Po gegeben. Wenn ich dann ganz in Ekstase war, habe ich mich aus den Plastiktüten befreit und weiter feste auf den jetzt nassgeschwitzten nackten Po gehauen. Meist mit einem rot lackierten

Handfeger. Den hatte ich extra dafür gekauft, in einem Drogeriemarkt. Auf dem Etikett auf der Rückseite des Handfegers stand: „Gutes aus Österreich".

Fusion

Seit einigen Wochen ist es bekannt: Die Engländer haben einfach den ganzen Verlag gekauft. Wahrscheinlich bin ich nicht einmal der erste der es erfahren hat. Die Mitarbeiter wissen es noch nicht, aber die Geschäftsführung wusste es wohl schon seit zwei, drei Monaten. Das ist eine erstaunlich lange Zeit. Und das ist genau das, was mich beunruhigt. Bin ich draußen? Nicht mehr schnell genug, nicht mehr gut genug vernetzt. Es schleicht mich der Gedanke an, dass man mir nicht vertraut. Ich versuche den Gedanken zu verscheuchen.

Natürlich, der wirtschaftliche Teil ist nicht meine Aufgabe. Ich mache die Redaktion. Aber ich mache auch die Konzepte für die neuen Produkte. Das ist meine eigentliche Stärke. Ich habe ein Gefühl für den Markt. Ich will die Formate der Zukunft schon heute machen. Das ist so ein Spruch, den ich manchmal bringe, dann etwas lächle, damit auch eine Prise Ironie mitschwingt ohne allerdings einen Zweifel darüber bestehen zu lassen, dass ich das durchaus ernst meine. Aber, wenn jetzt alles auf das englische Modell umgestellt wird, dann kann man das vergessen. Für meine Konzepte brauche ich Personen, Journalisten die recherchieren und viele Teams in denen neue Ideen entstehen. Das geht nicht mit technischen Lösungen und formalen Vorgaben. Es ist Unsinn den Text einfach in ein Datenbanksystem einzugeben und einige

Automatismen erzeugen dann schlagwortgesteuert daraus die unterschiedlichen Produkte, fertig bis hin zur vollständig gesetzten Zeitungsseite. Der erste Mensch, der die Seite so sieht, wie sie gedruckt worden ist, ist der Leser am Kiosk. Das ist doch schrecklich.

Vielleicht ist es auch einfach alles Quatsch, vielleicht bleibt alles so wie es ist und läuft nur in einem Konzern mit einem anderen Namen. Der Name der Produkte wird sich sowieso nicht verändern. Ich sollte einfach meine Arbeit machen und mich nicht dauernd sorgen, denke ich. Aber das geht nicht. Es verändert sich eben doch eine ganze Menge. Der neue Chef heißt Adrian, ist Mitte fünfzig und führt den Konzern wie ein Inhaber eines Familienbetriebs. Ich frage mich wie man das bei einem international operierenden Konzern auf Dauer durchhalten kann. Aber im Moment kann er das. Er ist in unserem Reaktionsbüro und hat alles im Griff. Ich bin derjenige der überfordert ist. Nicht im Bereich meiner fachlichen Kompetenz, da habe ich kein Problem, selbst wenn ich unausgeschlafen bin. Das Problem sind die Umgangsformen. Und, ich habe meine sprachliche Gewandtheit verloren, eigentlich auch die nicht, sondern die Sprache, in der ich sie habe, ist jetzt nicht mehr relevant.

Für einen Verhandlungstag reicht mein Englisch aus, ganz gut sogar. Und wenn man in der Position des Entscheiders ist, genügt manchmal auch ein von einem deutlichen Kopfschütteln unterstütztes „no" um sich durchzusetzen. Aber jetzt ist das ganz anders.

Adrian kümmert sich um alles. Er lächelt, schüttelt Hände, ist bei jeder Sitzung dabei und sagt, wir sollen so tun, als wenn er nicht da wäre, er will nur lernen, wobei das ein Übersetzungsfehler ist. Er sagt „learn" aber er will nicht lernen wie ein Lehrling, das „learn" bedeutet in diesem Fall wohl eher so viel wie „kennenlernen" oder noch besser „in Erfahrung bringen" oder „herausfinden", ja das ist es wohl und genau deshalb fühle ich mich ausgehorcht. Das ist unangenehm und plötzlich empfinde ich sein sympathisches Lächeln als anstrengend.

Außerdem: Er spricht kein Wort Spanisch und das Englisch in der Redaktion, nicht nur meines, ist, gemessen an dem Anspruch, den wir an unsere redaktionellen Texte stellen, doch sehr radebrechend. Und dann ist es sehr seltsam, wenn man eine spanische Print Publikation macht und der Entscheider kein Wort Spanisch kann. Jede Überschrift, jeder Slogan muss übersetzt werden. Es muss erklärt werden, welche Beibedeutungen ein Wort hat und wie die typographische Gestattung der Titel ihnen eine andere Bedeutung gibt. Es geht um das Layout, die Farb- und die Fotoauswahl. Wir können für ein Produkt, das sich an eine jugendliche Zielgruppe in Spanien wendet, nicht Bilder aus seiner internationalen Datenbank nehmen. Natürlich hat er die Rechte an den Bildern und kann sie weltweit verwenden. Natürlich laufen die Bilder in England erfolgreich, natürlich sind sie toll, aber damit kann sich hier in unserer Zielgruppe niemand identifizieren. Der Zeitschriftenmarkt ist eng, gerade für die jugendliche Zielgruppe.

Es ist sehr mühsam das alles zu erklären. Und dann ist es interessant, wie sich die Verhältnisse im Team verändern. Ein Teil der spanischen Geschäftsführung ist immer noch per Sie, auch mit mir. Wenn Englisch gesprochen wird ist es immer mit Vornamen. Auf Spanisch geht dann Sie und Vorname und manchmal auch Du durcheinander. Ich habe einmal überlegt, einfach alle im Team zu duzen, aber das konnte ich mir dann doch nicht vorstellen. Es wäre kein richtiges Du gewesen, eher das zu Eigen machen eines fremden Umgangstons. Und das Sie mit einigen Vorständen, die ich schon lange sehr gut kennt, ist in jedem Fall vertrauensvoller als ein künstliches Du.

Eingekapselt

Weil ich jetzt sehr oft reisen muss, habe ich viel Zeit zum Nachdenken. Dauernd wartet man auf irgendein Gepäckstück, das noch durch einen Sicherheitscheck muss, oder auf einen Anschlussflug, der sich verspätet. In dem Warteraum nach der Sicherheitsschleuse komme ich nicht an meinen Laptop ran. Der ist mal wieder im falschen Koffer. Ich hasse diese Fliegerei. Nein eigentlich nicht die Fliegerei, sondern das, was die Sicherheitsfetischisten daraus gemacht haben. Die Freiheit ist nicht grenzenlos über den Wolken.

Ich denke an das zweite Jahr mit Evita. Ich war mir sicher, dass wir heiraten sollten. Sie aber nicht. Sie hat es nie gesagt, aber sie hat auch nie ja gesagt, wenn ich sie bat meine Frau zu werden. Immer nur ein Lächeln als Antwort und mit Müdigkeit durchzogen, schon damals. Hätte ich es nur richtig gesehen.

Sie hat sich zurückgezogen. Und es ging nicht um mich. Es ging einfach nicht mehr, so drückt sie sich aus. Sie kann in der neuen Wohnung, eigentlich ist es nur ein Zimmer unter der Dachschräge, keine Wohnung, nicht leben. Und ich frage mich, ob sie mit mir nicht leben kann. Sie könnte doch mit mir zusammen leben. Zusammen könnten wir doch eine Wohnung nehmen, eine schöne große Wohnung. Dann wäre es durch. Aber ich habe den Eindruck, soviel ich auch zu diesem Thema sage, sie hört es nicht. Sie nimmt es einfach nicht wahr. Sie ist in dem Jetzt ihrer in sich selbst eingekapselten Schleife gefangen.

Und es rattert in ihrem Kopf, dass sie in dieser Wohnung nicht leben kann. Es ist ihr fremd, dieses Zimmerchen, fremd wie ein Hotelzimmer. Wenn überhaupt, fühlt sie sich wie ein Gast, ein Gast der sich fremd fühlt. Sie kann hier nicht arbeiten. Den Tisch hat sie vor das Fenster gestellt und damit auch vor den Wandschrank, der unter dem Fenster, hineingebaut in die Dachschräge, ist. Wenn sie etwas aus dem Schrank holen will, zum Beispiel ein T-Shirt, dann muss sie den Tisch beiseiteschieben um eine der beiden Türen aufzubekommen. Wenn Sie an die andere Tür des Schranks will, muss sie den Tisch zur anderen Seite schieben. Aber zumindest kann sie jetzt an dem Tisch vor dem Fenster sitzen, da hat sie etwas Licht. An dem anderen Tisch, in der Ecke, da wo ihr Computer steht, da ist auch ein Fenster, eine Dachluke, gar nicht einmal so klein, aber da kann sie nicht sitzen, es ist ihr zu wenig Licht.

Zuhause, da konnte sie arbeiten, aber hier? Nein.

Sie kann hier auch nicht schlafen. Sie schläft nicht. Sie sieht schon aus wie ein Gespenst. Jetzt ist sie zumindest einmal zum Frisör gegangen. Ein schöner Haarschnitt. Sogar sie war zufrieden, und das will schon etwas heißen, denn sonst schimpft sie immer wie ein Rohrspatz, wenn sie vom Frisör kommt.

Und es sieht wirklich gut aus, fesch, habe ich gesagt und ich musste ihr erst einmal erklären, was „fesch" heißt. Ich hoffe sie hat es verstanden. Das ist manchmal gar nicht einfach mit den Worten und deren Bedeutung. Sie nimmt es da sehr genau. Sie hat eine seltsame Exaktheitsbeziehung zu den Worten. Ich verwende sie viel lockerer und sie können, je nach Zusammenhang, ja auch eine große Varianz haben. Ich lebe in meinem Beruf davon. Wenn ich ein Wort in einem anderen als dem üblichen Zusammenhang verwende, und auch wenn ich der erste bin, der das macht, dann kann es doch eine neue Bedeutungsvariante bekommen. Das kann sie sich nicht vorstellen, oder nur schwer. Für sie ist die Sprache etwas, das man lernen muss. Etwas das festgelegt ist, Regeln, also Grammatik und ein verbindliches Verzeichnis von Worten. Statisch.

Sie braucht Regeln, klare Vorgaben was sie tun soll, dann kann sie arbeiten, sagt sie. Sie sagt es fast trotzig wie ein Kind. Und das mit den Themen selber finden für die Beiträge, das ist eine zu lange Strecke. Sie braucht viele kleine Schritte. Sie wird es nicht schaffen, meint sie. Das Projekt ist zu groß. Diesmal ist es zu groß. Und sie kann in dieser Wohnung nicht arbeiten, aber nach Hause kann sie auch nicht, da ist ja Jago, der Freund ihrer Mutter, und der mag sie nicht, dass weiß sie jetzt, das hat sie jetzt erfahren. Sie war krank, Husten Schnupfen, ja wahrscheinlich Fieber, und doch hat sie am Abend nicht dort bleiben können. Mit der Straßenbahn hat sie quer durch die Stadt fahren müssen, noch in der Nacht.

Ist das nicht traurig, sie kann sich nicht mehr mit ihrer Mutter treffen, zu Hause.

Aber offensichtlich hat sie es doch wieder geschafft zu Hause sein zu können. Ja, sie war so fertig, da hat die Mutter wohl Mitleid mit ihr gehabt. Und jetzt ist sie wieder zu Hause, sie telefoniert mit mir. „Du rufst hier an, wie schön", sagt sie. Heute morgen hat sie eine halbe Stunde mit ihrer Mutter gesprochen, beim Frühstück, bevor die Mutter zur Arbeit musste, das war schön. Dann ist ihr Vater gekommen, mit dem hat sie auch eine Zeit geredet, erzählt sie mir.

Und ich denke, da hat sie ja alles wieder zusammen. In der Wohnung in der sie aufgewachsen ist, die Mutter und den Vater, zwar nicht gleichzeitig, aber doch nacheinander. Ein Pflaster auf die Scheidungswunde in ihr. Wenn es ihr so schlecht geht, wenn sie es nur hinbekommt, dass es ihr wirklich so katastrophal schlecht geht, dass alle davor erschrecken, dass es ihr noch schlechter gehen könnte und ja, sie droht auch mit „sich umbringen", dann geht doch das was eigentlich nicht mehr geht: die Wohnung das Zuhause, die Eltern zusammen.

Und jetzt hat sie sich eingekapselt in dieser Blase aus ‚Katastrophe', ‚ich gehe kaputt' und aus ‚früher ging es doch, da war alles gut'. Und sie klammert sich an den Rand des Bildes von ‚Früher' und schwimmt in dieser Blase, ganz vorsichtig, macht kaum eine Bewegung um nur nicht an den Rand zu stoßen, dass die Blase platzt und die Urflut, die die Blase umschließt, wieder auf sie einstürzt. Sie weiß nicht ob sie in der Blase nach vorne oder nach hinten oder vielleicht glücklicherweise auch einmal wenigstens ein bisschen nach oben treibt, der rettenden Oberfläche entgegen. Sie weiß es nicht und ich auch nicht.

Der Weg mit der Straßenbahn in die Stadt hinein, er ist vertraut. So ist sie ja auch früher zur Uni gefahren, aber es ist auch der Weg in die Zeit in der sie bereits eine eigenen Wohnung hat, in der man ihr sagt, dass sie dort wohnen muss, alleine, nein eigentlich nicht alleine, aber wenn ich da bin, hilft es ihr auch nicht. Ich bin ja nicht ihre Mutter. Niemand kann ihre Mutter ersetzen.

Sie hat sich völlig eingeschlossen in diese Kapsel. In diesen Kokon darf keiner rein. Auch ich nicht. Wenn ich am Telefon sage „bis morgen" dann fragt sie „wieso", und dahinter steht die Befürchtung, dass ich morgen bei ihr vorbeikommen könnte. Und ich sage, dass ich morgen nur anrufen will und schon das scheint ihr zu viel zu sein.

Wenn sie da durch ist, durch diesen Auftrag, müssen wir an unserer Beziehung arbeiten denke ich. Und ich denke, dass ich nicht weiß, ob ich das tun werde oder werde tun könne. Aber vielleicht werde ich es doch, sanft und zärtlich und immer auch mit dem Ziel vor Augen.

Vielleicht wird aus dem kleinen kranken Pflänzchen unserer Beziehung ja eine wirkliche, eine tragfähige. Wohl nur ein Wunsch aber mit dem Wünschen fing die Welt an Welt zu werden, oder war es das Wort? In der Bibel war es das Wort, ja, aber das war wohl auch ein Wunsch, das Wort das das Wort war, das am Anfang war.

Hätte man mir damals gesagt, dass ich diese Frau einmal heiraten würde, ich hätte es nicht geglaubt. Ich wollte einfach nur überleben.

Jetzt sitze ich im Flieger. Aber was ist Jetzt? Ich weiß nicht mehr was Vergangenheit und Gegenwart ist. Es ist alles so nah, beieinander gepresst und gleichzeitig fern, in mir; und sehr durcheinander. Ich kann kaum atmen und die gebrochenen Partikel von Erinnerung und Jetzt wirbeln in wilden Strudeln auseinander.

Restaurant

Es hat dann eine Phase gegeben, in der ich es einfach nicht mehr ertragen habe. Ich liebte sie, das stimmte schon, aber ich dachte auch immer, dass es nichts mit uns wird, auf keinen Fall. Von wegen zartes Pflänzchen, das sich entwickelt. Zu dieser Zeit habe ich einfach nicht mehr daran geglaubt, dass es mit uns etwas werden könnte. Ich habe es laufen lassen und habe mich verlaufen, vor allem in meinen Phantasien. Manchmal, eigentlich nur ganz selten habe ich auch Alpträume gehabt, so wie sie. Aber ich habe es mir immer öfter alleine selber gemacht. Nach meiner Methode, mit meinen Bilderfolgen im Kopf. Ich habe mich ins Bett gelegt, auch im Hotel zum Beispiel, mir die Deck über den Kopf gezogen, mir auf den Po gepackt und an den Schwanz, und mich dann gerieben. Ich habe mit mir selber gesprochen, in unterschiedlichen Rollen und heftig dabei onaniert. Es kann ganz schön lange dauern, bis der Schwanz steif ist, und irgendwann bin ich dann zum Höhepunkt gekommen. Dabei sind ganze Geschichten in meinem Kopf entstanden, Geschichten, die ich zwischen den hechelnden Atemstößen in die über meinem Gesicht liegende Bettdecke rezitiert habe. Von dem Atem war das Inlett oben schnell feucht und nach einiger Zeit dann auch mit Stockflecken durchsetzt.

Eine dieser Geschichten spielt in einem Restaurant. Wir gehen essen, meine Frau und ich. So wie wir es auch wirklich getan haben. Es ist ein besonderes Restaurant. Weicher Teppich, gedämpftes Licht, gut gepolsterte, lederüberzogene Stühle. Ja, Leder, das muss sein. Die Kellner alle sehr zurückhaltend, vornehm, aber durchaus auch einmal eine Spur bestimmter, wenn es um den Service des Hauses geht. Auf jeden Fall nicht ohne Selbstbewusstsein. Wir setzen uns an den bestellten Tisch. Ich schaue meine Frau an, nur kurz, aber sie weiß Bescheid. Der Kellner soll einen anderen Stuhl für meine Frau bringen. Sie sitzt besser auf einem Stuhl ohne Polster. Der Kellner nickt und bringt einen Holzstuhl mit ungepolsterter, harter Sitzfläche. Er zeigt ihn mir, wie er Gästen das Etikett der Weinflasche zeigt. Und ich nicke: „Ja, das ist okay. Sehr schön. Genau so hatte ich mir das vorgestellt." Ein schlichter Holzstuhl, rohes Holz, oft gescheuert, wie frisch aus der Kochwäsche.

Meine Frau setzt sich, ihre Bewegungen geprägt von einer Mischung aus Vorsicht und sanft zurückhaltender Zärtlichkeit. Ich mag sie, wenn sie in dieser Stimmung ist. Wie eine wunderschöne Blüte ist sie dann, sensibel, auf den feinsten Windhauch reagierend. Auch die Schamhaftigkeit in ihrem Blick mag ich.

Ich schaue auf die Karte. Alles vom Feinsten und sehr üppig.

„Haben Sie schon gewählt?"

„Nein", sage ich und räuspere mich. Und dann, nach einer kleinen Pause: „Aber für meine Frau schon einmal eine Suppe, eine leichte Gemüsesuppe bitte."

Der Kellner notiert.

„Sie hat heute keinen Hunger, meine Frau", füge ich noch hinzu, einfach nur so, und meine Frau nickt.

Sie ist heute sehr brav, sie senkt die Augen, wenn man sie anspricht. Dabei huscht die Spur einer zarten Schamröte über ihr hübsches Gesicht. Sie ist wunderschön. Ich denke an heute Vormittag. Ich habe ihr etwas auf den Po gegeben, Schläge mit der flachen Hand. Eine ganz schön ordentliche Portion sogar. Es war einfach notwendig. Sie war schon die ganzen letzten Tage zickig. Das schaukelt sich bei ihr hoch. Sie braucht dann was, sonst wird sie unerträglich.

Am Anfang unserer Beziehung, habe ich ihr nur ab und zu etwas auf den Po geben, meistens beim Sex, und ich hatte den Eindruck, dass es sie geil gemacht hat. Aber ich habe mich nie getraut sie richtig auszuhauen. Obwohl ich die ganze Zeit daran gedacht habe. Dann hat sie sich irgendwann beschwert, dass sie es nicht mag, die Klapse auf den Po, und ich habe damit aufgehört; sie nur noch gestreichelt und massiert. Das ging eine ganze Weile so gut. Doch immer häufiger war sie schlecht gelaunt, meckerte und schimpfte über alles und jedes. Dann kriegte sie wieder einmal eine ihrer fürchterlichen Launen. Eine Schimpftriade nach der anderen und da ist es mir einfach rausgerutscht: „Wenn wir verheiratet wären, dann kriegtest du jetzt einen richtig schönen Po voll."

„Mach es doch", hat sie gesagt. Das hat bei mir das Fass zum Überlaufen gebracht, nicht der Satz, sondern der Ton, die Verächtlichkeit in ihrer Stimme. Mir war alles egal, mein Kreislauf ist hochgegangen. Ich war erregt wie noch nie, habe sie gepackt, mit einem Griff, um die Taille, dann am Hosenbund und habe sie über mein Knie gelegt. Ganz klassisch. Ich habe sie richtig gründlich versohlt. Sie hatte die blaue Hose aus dem feinen Cordstoff an, die, die ihren Po so geschmeidig formt und die keine Gesäßtaschen hat. Und ich habe sie gut ausgeklopft. Immer weiter. Sie hat gezappelt und geschrien, aber das war mir egal.

Ich habe gedacht, dass das sowieso das letzte Mal ist. Dass sie gehen würde, vielleicht sogar zur Polizei. Davor habe ich Angst gehabt, aber meine Lust sie zu versohlen war stärker. Dieses eine Mal war sie stärker, meine Lust und ich habe an nichts gedacht. Ich habe die Hose herunter gezogen, mit der Hand über den glühenden Po gestrichen und ihr dann noch eine Portion gegeben, mit der Hand und dann noch eine mit der Kleiderbürste. Etwas anderes hatte ich nicht da. So einen Povoll hatte sie noch nie bekommen, auch nicht als Kind, von ihrer Mutter, die recht streng war und eine ganz locker sitzende Hand hatte. Dann habe ich sie in den Arm genommen und sie hat sich mir hingegeben und ich habe sie gefickt, zum ersten Mal richtig gut durchgefickt. Zwei Monate später haben wir geheiratet. So geht die Geschichte und sie geht noch weiter.

Seit jenem Tag hat es sich eingebürgert, dass es ab und zu etwas auf den Po gibt. Nicht so feste natürlich, aber immer mit einem erzieherischen Hintergrund. Sie weiß, dass es mir Lust bereitet sie auf diese Art zu nehmen, aber sie akzeptiert das jetzt, sie lehnt sich nicht dagegen auf. Ich habe sogar den Eindruck, dass sie spürt, dass es ihr gut tut. Aber vielleicht bilde ich mir das auch nur ein weil ich das gerne hätte.

Jetzt sitzt sie auf dem glatten Holzstuhl mit ihrem kleinen süßen versohlten Po und isst langsam, fast andächtig, mit dieser vorsichtigen behutsamen Art, die ich so an ihr liebe, jeden einzelnen Löffel der Suppe als sei es das Juwel einer kulinarischen Spitzenleistung. Dabei ist es eigentlich nicht mehr als etwas heißes Wasser mit ein ganz klein wenig Salz. Ich habe den Kellner noch einmal gebeten den Koch um etwas heißes Wasser zu bitten, das er dann mit der Suppe gemischt hat.

Ich esse ein Rinderfilet in Pilz-Schinkenmantel und Blätterteig eingebacken. Dazu etwas Gemüse, fein gedünstet, einige Beilagen. Ab und zu schaut meine Frau auf meine Gabel und wie Bissen um Bissen in meinem Mund verschwindet. Aber dann schaut sie wieder schamhaft auf ihren Teller mit der dünnen Suppe. Sie muss abnehmen. Sie hat es selber gesagt und ich habe ihr versprochen, dass ich es ihr beibringen werde, die Selbstdisziplin. Sie wird es lernen. Sie tut mir leid, meine süße Frau, aber ich mag es auch, wenn sie sich so quält. Das ist fürchterlich, aber es ist so. Es hat so einen bitter süßen Geschmack, wenn ich sie so sehe. Hinten im Rachen bei mir, spüre ich das dann und ich muss schlucken, mich räuspern. Und dann sage ich: „Schatz, ich glaube du hast genug", und ich schiebe den noch halb vollen Teller beiseite.

„Ja", sagt sie nur. Und sie tut mir wirklich leid. Aber es muss noch härter kommen. Ich will sie richtig. Heute will ich sie richtig, alles will ich auskosten. Den Nektar dieser süßen Blume bis zur Neige schlürfen.

Ich lasse mir die Rechnung bringen und frage nach einem Zimmer, nur für eine kleine Besprechung, ich muss noch etwas besprechen, mit meiner Frau, jetzt gleich und ungestört und in Ruhe.

Der Kellner versteht. Er führt uns in einen Nebenflügel des Gebäudes. Am Ende des Ganges ist ein Zimmer.

„Bitte sehr. Es steht Alles zu Ihrer Verfügung, Alles", sagt er: „Bitte fühlen Sie sich frei und wenn Sie noch etwas Weiteres brauchen, hier ist die Schelle, ich komme dann sofort."

Er zeigt mir noch, wie ich die Tür verschließen kann. Dann sind wir alleine in dem Raum. Ich nehme meine Frau in den Arm. Küsse sie zärtlich. Sie zittert ein wenig. Oh wie ich sie liebe. Ich küsse sie noch einmal. Ein Zungenkuss. Ihr Mund öffnet sich nur langsam. Bestimmt dringt meine Zunge zwischen die gerade Reihe ihrer Zähne und dann weiter in die Gaumenhöhle vor.

Dann lege ich sie über den Tisch, schiebe ihr Kleid hoch. Sie trägt kein Höschen. Ich streichle über ihren fein geröteten Po.

Die Schränke hier haben Glastüren. Man kann recht gut sehen, was in den Schränken ist. Da hängen Riemen und Stöcke und schön geflochtene Peitschen und Gerten. Alles fein säuberlich dekoriert. Irgendwie erinnert es an ein Jagdkabinett, dieser Raum, vielleicht auch wegen der Ledermöbel und der gediegenen Holztische. Aber sie haben eine besondere Form, die Möbel, gar nicht einmal so sehr anders als ein üblicher Tisch, oder ein Stuhl, auch ein Möbel, das an eine Kniebank erinnert. Aber das hier ist keine Kirche und auch kein Gelehrtenzimmer. Einige Einbuchtungen an der Tischkante verraten das und auch die meist versteckte Möglichkeit Schnallen und Riemen anzubringen, die Riemen aus den Schränken.

Ich beginne damit meine Frau anzuschnallen. Natürlich würde sie auch so die Schläge nehmen, die ich ihr geben will, aber es hat eine andere Qualität, wenn man angeschnallt wird. Sie soll das erfahren. Sanft will ich sie einführen in diese besondere Art der Lust. Sie soll es schätzen lernen, das scharfe Brennen der dünnen Striemen, die die Lederriemen der Peitsche auf Po und Rücken hinterlassen. Noch ahnt sie nur, was ihr bevorsteht. Sie zittert, aber sie sträubt sich nicht.

Ich weiß nicht wie lange es dauert. Ich habe jegliches Gefühl für die Zeit verloren. So intensiv habe ich sie noch nie genommen, meine Frau. Langsam steht sie auf. An ihren Händen die Spuren der Riemen, die sie gehalten haben. Das dünne Kleid ist über den roten Po gefallen. Ich ziehe es wieder hoch, küsse ihre Striemen und sie stöhnt, leise nur, aber es kommt ganz tief aus dem Bauch. Sie ist eine Andere nach dieser Erfahrung.

Ich öffne die Tür. Eigentlich ist sie noch nicht so weit, aber ich will, dass sie, so intim wie sie jetzt fühlt, über den Flur geht, das Sie das Zimmermädchen oder den Hotelboy, der ihr vielleicht zufällig gerade entgegenkommt, anschauen muss. Seinen Blick soll sie erwidern, mit einem Lächeln, nur angedeutet, ganz flüchtig und mit der Spur von Scham, die ich so an ihr liebe.

Wir sind wieder im Restaurant, gehen zur Garderobe. Ich stelle mir vor, das sie ein ledernes Halsband trägt, mit einem Ring, vorne. Und ich führe Sie an einer Leine, hänge die Leine an der Garderobe ein, während ich noch etwas in meinem Mantel suche. Aber das ist vielleicht dann doch etwas zu klischeehaft. Doch es erregt mich. Ich merke erst gar nicht, dass mich der Kellner anspricht. Ich habe doch die Rechnung bezahlt. Oder? Nein, es geht um etwas anderes. Der Kellner bittet mich beiseite.

„Die Direktion würde sich Ihnen gerne erkenntlich zeigen und zum Ausdruck bringen wie sehr sie sich freut, dass Sie den Service unseres Hauses so zu schätzen wissen."

Ich sage das meiner Frau. Sie mag Autoritäten. Eine ganze Weile hat sie mich für eine Autorität gehalten, war ich für sei eine Autorität. Das hat sich ein bisschen geändert, als sie erfahren hat, dass ich nicht normal vögeln kann, dass ich pervers bin, wie sie sagt. Ja, die Direktion, das gefällt ihr. Sie ist ganz heiß darauf dem Direktor diese Restaurants zu begegnen. Auch in diesem Zustand.

Der Direktor ist eine Frau. Sie bedankt sich bei uns für unseren Besuch.

„Ich freue mich immer, wenn wir Gäste haben, die den besonderen Service in unserem Besprechungszimmer wirklich zu schätzen wissen", sagt sie. „Das ist keineswegs selbstverständlich. Man findet heute so selten echte Kenner die noch genießen könne. Bei den meisten unserer Gäste muss immer alles schnell gehen, hart und hektisch."

Ich nicke. Meine Frau wird rot.

„Ich habe bemerkt, dass Ihre Frau noch kein Riemenhöschen trägt", sagt die Direktorin und schaut mich an.

„Das ist richtig", gebe ich zu, und merke, dass ich etwas verlegen werde. Offensichtlich hat sie unsere ganze Aktion in dem Zimmer sehr genau beobachtet. Ich habe die kleinen Öffnungen in der Wand wohl bemerkt, mir aber nichts dabei gedacht. Jetzt weiß ich wozu sie genutzt werden. Ich merke wie ich nervös werde. Ich versuche ruhig zu atmen.

„Ich habe sie noch nicht so lange", erkläre ich, „am Anfang war es recht schwierig sie zu führen."

„Ja, am Anfang ist es immer schwer", meint die Direktorin, „aber jetzt sind Sie nicht mehr am Anfang. Ich habe gedacht, dass ich Ihnen ein kleines Geschenk mache." Sie lächelt.

Ich bin nicht mehr am Anfang. Sie hat recht. Ich bin mir immer so unsicher, in dem was ich mache, mit meiner Frau. Ich habe immer noch ein schlechtes Gewissen. Es tut mir gut, dass diese Frau es gut findet. Das ist eine schöne Phantasie. Eine Phantasie in der ich mir die Erlaubnisbotschaft für meine Phantasien gebe. Ziemlich zirkulär könnte man sagen.

Eine Bedienstete betritt den Raum, sie trägt ein Kissen, wie ein Tablett. Darauf liegt ein Riemenhöschen. Die Bedienstete legt das Kissen mit dem Höschen auf den Tisch vor die Direktorin und verlässt dann den Raum.

„Dieses Höschen habe ich getragen, als ich zum ersten Mal genommen wurde", sagt die Direktorin. Das Lächeln auf ihrem Gesicht lässt mir wieder die Schamröte in Gesicht schießen. Diesmal ist es richtig heftig. Uhi. Ich schaue auf das Höschen. Dünne rote Lederriemen, glänzend, einige goldene Schnallen.

„Es ist ein Einpass-Höschen", meint die Direktorin, „es wird Ihrer Frau gut tun. Ich möchte es Ihnen zum Geschenk machen."

„Oh", kommt es aus dem Mund meiner Frau und ich kann nicht einschätzen, ob es Furcht oder Begierde ist, die aus ihrem „Oh" spricht. Wahrscheinlich ist es beides. Auch sie schaut die ganze Zeit auf das Riemenhöschen.

„Wenn Sie erlauben, würde ich es ihr gerne selber anlegen, sie ist doch frei, untenherum", höre ich die Stimme der Direktorin. Ich zögere, schaue auf meine Frau. Ich weiß nicht wie lange. Sie wird rot, im Gesicht und dann sehe ich, wie sie ihr Kleid langsam nach oben zieht und ihr glühender Po zum Vorschein kommt.

„Ja", sage ich, „ja bitte, legen Sie es ihr an. Es ist uns eine Ehre."

Die letzten Worte verschwinden fast, stumpf und trocken, kleben sie in meiner Gaumenhöhle.

Die Direktorin legt meiner Frau die Riemen an. Um die Taille einen und in den Schritt zwei. Die Riemen ziehen die Schamlippen kräftig auseinander. Mit einer kleinen Knarre spannt die Direktorin die Riemen. Sie zieht sie sehr fest. Meine Frau stöhnt. Sie wird über eine gepolsterte Bank gelegt. Die Beine gespreizt, der Po steht nach oben heraus.

Die Direktorin nimmt eine lederne Reitgerte vom Tisch. Sie kommt zu mir, packt mir auf den Po, fasst mich am Hosenbund, zieht mir die Hose stramm und führt mich zu meiner Frau.

„Schauen Sie auf die Fotze", sagt die Direktorin und zieht meine Hose noch strammer. Sie packt mir in den Schritt. Mein Schwanz ist noch lange nicht steif. Ich bin erregt, aber ich komme nicht.

Ich bekomme den ersten Klaps mit der Gerte. Der Schlag sitzt gut. Er ist nicht feste, aber doch deutlich zu spüren. Wenn ich nicht spute wird es mehr geben. Das sagt dieser Hieb. Die Direktorin wird nicht locker lassen. Ich sträube mich. Versuche dem Griff zu entkommen, aber es gelingt mir nicht. Sie versteht ihr Handwerk.

Sie zieht mir das Hemd aus der Hose. Um den nackten Bauch bekomme ich einen breiten Riemen. Er wird feste zugezogen. Dann zieht sie mir die Hose herunter. Ich spüre ihre Hand auf meinem Po, ein prüfender Griff. Sie nimmt die Reitgerte und schiebt sie unter die sich stramm über den Pobacken spannende Baumwolle der weißen Unterhose.

„Die muss auch noch aus", meint sie. Sie zieht die Unterhose runter. Ich stöhne, winde mich in ihrem Griff, fürchte mich vor den Schlägen, die ich erwarte; aber ich sehne mich auch danach.

Jetzt packt mich die Direktorin am Schwanz. Sie hat schwarze Lederhandschuhe an und packt mich am steifen Schwanz, so wie man einen Henkeltopf packt. Ihr Griff sitzt. Mit der einen Hand hält sie mich, in der anderen Hand hat sie die Gerte. Ich bekommen Schläge.

„So", sagt sie, „jetzt nicht ausbüchsen mein Freundchen."

Ich stehe unmittelbar vor meiner übergelegten Frau, schaue auf ihren von mir rot gestriemten Po, auf ihre feuchte Fotze.

Ich muss meiner Frau Schläge auf den Po geben. Mit der flachen Hand auf den rot gestriemten Po. Immer noch hält die Direktorin meinen Schwanz. Ich muss gehorchen. Sie führt mich. Ich bekomme noch einige Hiebe mit der Gerte, dann führt sie meinen steifen Schwanz in die Fotze meiner Frau.

„Schön abspritzen", sagt die Direktorin und ich spüre noch einmal die Gerte auf meinem Po.

Dann komme ich wirklich richtig, nicht nur in der Phantasie. Mein Atem geht sehr schnell, die Bettdecke über meinem Gesicht ist klitschnass geschwitzt. Ich brauche eine ganze Weile um den Weg aus der Phantasie zurück in die Wirklichkeit zu finden. Wenn ich es mir auf diese Art richtig hart mache, tut mir der Arm und die Hand weh, mit der ich es mir mache und wenn ich zu früh aufsteht, nach dem Orgasmus, dann ist mir schwindlig.

Dunkle Nächte

Ich bin fürchterlich müde. Die letzten drei Nächte nie richtig geschlafen. Meine Frau war unruhig. Aufgestanden, mehrmals in der Nacht, immer wieder gedreht, an mich geschmiegt und dann dieses Zucken. Der Kopf geht nach vorne, fast wie bei einem Huhn. Ich scheue mich das zu sagen, aber es ist eine ruckartige Bewegung, hastig und heftig. Ich weiß nicht wie lange sie das schon hat. Es dauert immer eine Weile, bis ich davon wach werde. Und sie liegt dann schon lange wach neben mir, liegt wach neben dem der tief schläft. Die Angst in ihr ist panisch und der Neid auf den Schlafenden, den ruhig neben ihr Schlafenden, ist unendlich. Wenn ich dann wach werde, versuche ich sie zu trösten, zu beruhigen. Ich bin noch mehr im Schlaf als wach, nur weiß ich, dass es ihr nicht gut geht und ich halte sie, lasse sie spüren, dass ich da bin, bei ihr. Aber das reicht ihr nicht. „Schläfst du", kommt es von ihr. Es klingt schnippisch, fast schon aggressiv. Wie ein Vorwurf. Wenn ich dann sage „Nein", weil es ja stimmt, denn jetzt schlafe ich ja nicht, dann kommt eine Tirade von Beschimpfungen aus ihr heraus. „Du kannst mir auch nicht helfen. Du Ficker! Aber das kannst du ja auch nicht. Ich seid doch alle gleich ihr Männer, du bist genauso wie mein alter Freund. Liegst einfach da und sagst nichts. Es macht mich aggressiv, wenn Du mich so anschweigst."

Und ich, immer noch nicht ganz wach, drücke den Ärger hinunter, wahrscheinlich wohl aus Angst, dass es sonst noch schlimmer werden würde. Ja, sie hat recht, ich will einfach nur schlafen. Aber ist das denn so unnormal, mitten in der Nacht, nach einem anstrengenden Tag, da will man doch schlafen, und sie will es doch auch, sie kann es nur nicht, und an der Stelle kommt dann mein Mitleid, und ich nehme sie in den Arm und halte sie, lege mich auf sie, in der Hoffnung, dass mein Körpergewicht die Zuckungen zurückhält. Manchmal klappt es, dass Worte und Umarmungen sie beruhigen, meistens nicht. Erst wenn sie ganz erschöpft ist, vom Krampfen und Zucken und von der Angst, dann schläft sie ein, so gegen drei oder vier Uhr. Wenn es gut geht, dann schläft sie am nächsten Morgen bis zehn. Wenn es schlecht geht, dann wacht sie schon um fünf oder sechs auf, versucht zu lesen oder Vokabeln zu lernen. Die Kärtchen gleiten durch ihre Finger und ab und zu stöhnt sie. Es ist ja nicht zu schaffen.

Mein Kopf brummt, ich bin fertig, völlig fertig, und morgen ein Tage im Büro, ein ganzer Tag. Wie lange halte ich das noch aus.

Sonntagnachmittag ruft sie an, vom Handy, sie sitzt in der Bahn. Ich war mit dem Rad unterwegs, etwas Sport, mein Körper muss doch irgendwie durchhalten. Sie fährt zu ihrer Mutter. Sie bleibt wohl über Nacht. Hoffentlich denke ich, einfach nur einmal eine Nacht durchschlafen, ganz einfach durchschlafen, mehr will ich ja gar nicht. Ich gebe ihr alles, alles, aber sie muss mir doch die Kraft lassen dich ich brauche.

Und dann diese ausfallenden Hasstiraden. Diese gehässigen Bemerkungen.

Sicher das „Bauernnegligee", das ich zu dem karierten Hemd gesagt habe, das sie, ohne Höschen im Bett getragen hat, war nicht nett, zumindest kann man es nicht nett verstehen, und sie hat es nicht nett verstanden. Ich habe es eigentlich charmant gemeinte, rustikal und sexy, und sie hat es falsch verstanden. Sie versteht immer alles falsch

„Captain Kirk für Arme" hat sie dann zu meinem Schlafanzug gesagt. Er ist noch aus den Siebzigern, gebe ich zu, aber original und gut erhalten. Und mit einem Lächeln und ohne das „für Arme" fände ich „Captain Kirk" durchaus ein nettes Kompliment für das Kleidungsstück und auch für den Träger. Warum gleitet es immer so negativ ab, bei ihr.

Und dann denke ich an meine Alpträume und daran was meine Phantasien sind, wenn ich über ihren Rücken streichle und ab und zu, – nur noch ab und zu traue ich mich das – über ihre Po streiche, und immer so, dass ich gleichzeitige dann auch über die Schenkel und über den Rücken gehe und der Po nur eine Zwischenstation ist, ganz schnell, aber ich bin mir sicher, dass sie denkt, dass es mir nur um den Po geht und das ist gar nicht einmal so falsch.

Es ist einfach eine furchtbare Sackgasse. Ganze viele Sackgassen sind es und ich stehe in jeder einzelnen. Kann man das eigentlich, gleichzeitig in verschiedenen Sackgassen stehen? Ich glaube schon, ich zumindest kann das. Nicht Multi-Tasking sondern Multi-Deadends.

Mariola

Ich bin so ziemlich am Ende angekommen. Es kann nicht mehr viel schlimmer werden. Die Zeit, in der mach noch Geschichten erzählen kann, ist vorbei. Seit einigen Monaten habe ich diesen Gedanken im Kopf. Aber es ist gar nicht so einfach, mit den Geschichten, den erzählten und den unerzählten. Es geht immer weiter, auch wenn ich es nicht will. Die Geschichten entwickeln ein Eigenleben. Sie überrollen mich. Nachts, im Halbdunkel des warmen Bettes erzählt, werden sie sehr wirklich.

Es gibt da Sachen, die sind so wirklich, dass man sie so gar nicht erzählen kann. Und dann habe ich sie doch erzählt, schon so wie sie waren, im Prinzip, nur eben etwas anders. Ich habe meiner Frau von Mariola erzählt, meiner ersten Freundin, so wie es war. Das mit dem Wegdrehen des Kopfes, wenn ich sie küssen wollte, den geschlossenen Lippen und dass sie steif wie ein Brett da lag, wenn ich mit ihr schlafen wollte. Wie tot. Und ich konnte nicht schlafen. Ich hatte Angst im Schlaf zu reden, hatte Angst, dass ich meine Phantasien erzählte. Wenn sie sie herausfinden würde, wäre es aus mit uns. Und sie war doch die erste Frau, mit der ich zusammen war. Meine Frau nickt und hat Mitleid mit mir. „Das muss ja fürchterlich gewesen sein, für Dich", meint sie.

Soviel Verständnis hatte ich gar nicht erwartet. Vielleicht hat mich das offen gemacht, auch das Andere zu erzählen, das, was auch war, was aber nicht mit Mariola war. Und ich habe es einfach mit Mariola erzählt. Es ging nicht, es so zu erzählen, wie ich es mir alleine gemacht habe. Und so war da mit einem Mal neben der ersten Mariola eine zweite Mariola.

Die zweite Mariola hat mir einen Klaps auf den Po gegeben, im Bett, irgendwann, als ich auf ihr lag und es nicht klappte. Irgendwie hatte sie plötzlich ihre Hand auf meinem Po und es gab einen Klaps. Klatsch. Und als sie gemerkt hat wie ich gekommen bin, hat sie gesagt: „Ach so einer bist du also."

Das nächste Mal habe ich dann von ihr einen richtig guten Po voll bekommen. Mit der Hand auf den nackten. So habe ich es erzählt und es hat mich geil gemacht das zu erzählen und dabei den warmen weichen Körper meiner Frau neben mir zu spüren. Und dann habe ich einfach eine ganze Reihe von Details erzählt. Zum Beispiel musste ich mir irgendwann eine Peitsche kaufen. „Da warst du dann bestimmt ganz steif", meinte meine Frau verächtlich und ich meinte, dass es mir vor allem peinlich war. Die Erregung hatte ich beim bestraft werden. Ich bin ein Masochist. Ich habe ihr versucht zu erklären was das ist, und was ich brauche und das Mariola es mir gemacht hat. Ich habe es meiner Frau erzählt in der Hoffnung, dass sie es mir dann auch machen wird, so wie diese Mariola.

Ich habe erzählt, dass Mariola nie darüber gesprochen hat. Sie hat es einfach mit mir gemacht. Es hat ihr wohl Spaß gemacht, aber sie hatte auch eine gewisse Verachtung für mich. Das habe ich gesagt, weil ich meiner Frau eine Chance geben wollte, es mir besser zu machen als Mariola, mit Liebe.

Schnell habe ich noch ein paar Details nachgelegt. Ich habe von dem Paddle und dem Stock erzählt, von den

Riemen und der Klopfpeitsche. Von der Gummihose habe ich nicht erzählt. Ich weiß nicht warum.

Wenn ich unterwegs bin, und in dieser erregten Stimmung, dann schreibe ich meiner Frau jetzt manchmal eine SMS: „Mariola ist wieder da. Bekomme gleich die Peitsche ..." Ich schicke diese SMS nie ab. Aber es erregt mich und manchmal denke ich, dass die Mariola mit der Peitsche wirklich wieder kommt. Habe ich noch alles unter Kontrolle? Eine blöde Frage. Wahrscheinlich nicht. Ich sollte mir diese Frage einfach nicht mehr stellen.

Sprachregelung

Ich stürze mich in die Arbeit. Ich will es noch einmal wissen. Das kann noch nicht alles gewesen sein. Ein Kollege hat mich angesprochen mich bei einer Stiftung zu engagieren. Ich mache das. Jetzt habe ich einmal die Woche Abends noch eine zusätzliche Sitzung und alle zwei Monat eine zusätzliche Dienstreise, meistens Madrid, denn da spielt ja die Musik. Da sitzt der Lobbyistenzirkus. Wer Einfluss nehmen will hat hier ein Büro.

Ich muss mich etwas in das Thema einarbeiten. Diese Mitleidsthemen liegen mir eigentlich gar nicht. Aber der Kollege meint, gerade die innerliche Distanz, die ich zu dem Thema habe, mache mich erfolgreich. Ich weiß nicht ob das stimmt, aber die Sache läuft.

Ich denke das erste was ich machen werde ist die Überarbeitung des Konzepts für den öffentlichen Auftritts. Das ist zumindest ein Ansatzpunkt. Ich spreche mit den Akteuren und versuche zu verstehen, was sie bisher gemacht haben. Doch das ist gar nicht so einfach. Es gibt da eine alte Sekretärin, die hat eigentlich das ganze Wissen aber irgendwie komme ich nicht an sie heran. Ich spreche mit ihr, doch ich verstehe nicht worum es geht. Sie ist konfus, katastrophal konfus, wahrscheinlich schon altersverwirrt, vielleicht war sie auch immer schon so. Der Zustand der Stiftung spricht durchaus dafür.

Wenn sie mir erklärt, warum das, was früher in der Zuständigkeit des Kollegen da Cunha lag, heute vom Referat Vier bearbeitet wird, dann sagt mir das gar nichts. Ich weiß nicht wer da Cunha ist und womit das Referat Vier sich beschäftigt weiß ich natürlich auch nicht. Es gibt auch kein Organigramm. So etwas hat es auch nie gegeben. Das ist ein ganz kleiner Haufen hier. Zwölf Mitarbeiter und dann noch einige Ehrenamtliche. Zumindest die Satzung habe ich gefunden. Auch wenn alle mich gefragt haben warum ich die haben wollte.

Das mit der Neugestaltung des Außenauftritts mache ich im Alleingang. Da ist dann schon einmal etwas Sichtbares passiert. Ein erster Erfolg, der auch die viele Arbeit rechtfertigt. Ich spreche ein paar Kollegen an und für den Start der neuen Internetseiten machen wir eine richtig große Eröffnung. Das erste Medienecho für die Stiftung seit vier Jahren. Ich bin erfolgreich. Evita ist bei der Veranstaltung dabei, ist locker und wirkt entspannt. Sie macht Smalltalk, das was sie sonst so hasst, und sie macht es gut. Wir haben einige Nächte zusammen die so schön sind wie schon lange nicht mehr. Ich denke manchmal, dass sich das Grauen langsam abschütteln lässt, es sich auswächst und ich freue mich auf den nächsten Tag.

Es tut sich einiges. Die Stiftung findet neue Unterstützer. Die Ehefrau eines Großindustriellen aus Barcelona will sich engagieren und der Besitzer eines Chemiewerks in Tarragona. Sie bringen nicht nur neues Geld in die Stiftung, sondern auch neue Ideen. Ich setze mich mit ihnen zusammen und wir entwickeln an einem Vormittag innerhalb von nur drei Stunden ein Konzept für eine Tagung. Zwischen den beiden gibt es oft harte Auseinandersetzungen. Der Chemiefabrikant ist ein echter Macho, durch und durch, zwar sehr charmant, aber so kann man heute einfach nicht mehr auftreten, vor allem nicht gegenüber einer Frau, die zwar „nur" Ehefrau ist, die aber gewohnt ist über ein großes Vermögen zu verfügen und die wirklich Managementqualitäten hat. Sie kann ihren Job. Es ist ein ganzes Stück Arbeit die beiden zusammen zu bringen. Aber darin bin ich gut. Das ist meine Stärke. Ich bekomme die beiden zusammen. Wir haben schnell eine Arbeitsebene gefunden. Ich bin mir sicher, dass es ein gutes Projekt wird.

Zwei Monate später liegt das Konzept beschlussfertig vor. Die Tagung wird stattfinden. Die beiden haben in Bilbao einen guten Veranstaltungsort gefunden. Der Preis stimmt und auch alle anderen Rahmenbedingungen sind gut. Sie haben zudem vor Ort schnell ein gutes Organisationsteam aufgebaut. Die Kontakte zur örtlichen Presse könnte ich herstellen, aber auch das überlasse ich den lokalen Organisatoren. Ich muss mich nicht in alles einmischen. Es ist ganz gut, wenn möglichst viel Verantwortung beim ausführenden Team bleibt. Wer entscheiden kann, übernimmt auch Verantwortung. Ich freue mich auf die Veranstaltung und nehme mir extra dafür frei.

Sicherheitshalber reise ich schon am Abend vorher an. Ich will die Veranstaltung genießen können, fast wie ein Gast. Es ist das erste Mal, dass eine Veranstaltung der Stiftung nicht von einem Mitglied des Stiftungsrats, sondern von einer dafür gebildeten Arbeitsgruppe organisiert wird. Ich stehe also nicht in der direkten Verantwortung. Das Wetter in Bilbao ist super und ich genieße den Abend, bin bester Stimmung.

Doch am nächsten Tag ist alles anders. Die Eröffnung ist eine Katastrophe. Drei Kurzstatements standen im Programm. Stattdessen redet irgendein stellvertretender Bürgermeister schon seit über einer Stunde in unendlich langen verschachtelten Sätzen. Ich habe den Eindruck, dass er die falsche Rede hält. Für mich hört sich das nach

Stadtteilfesteröffnung an. Immer wieder schaue ich auf die Uhr. Noch zwei Minuten, denke ich, dann stehe ich auf und unterbreche ihn. Ich tue es dann doch nicht.

In der Pause spreche ich mit einigen Stiftungsmitgliedern. Sie sind alle enttäuscht. Zwei haben schon überlegt früher abzureisen. Am nächsten Tag sind die Workshops kaum besucht. Ein wirklicher Reinfall. Ich ärgere mich.

Evita keift mich an: „Das hättest du wissen müssen. Du bist immer zu sanft mit allen. Du kannst dich nicht durchsetzen." Das tut weh. Ja, das Projekt ist in den Sand gesetzt. Inhaltlich war es die schlechteste Tagung die ich bisher erlebt habe. Aber sonst läuft es doch gut, sehr gut sogar. Und finanziell haben wir keinen Verlust gemacht. Ganz im Gegenteil, wir haben sogar noch Geld für ein neues Projekt bekommen. Das muss man doch auch sehen. Und schließlich ist es alles ehrenamtliches Engagement.

Meine Einwände wirken nicht. Nun ja. Viel schlimmer ist aber, dass Evita seit heute wie ausgewechselt wirkt: zusammengefallen, fahrig, zänkisch. Und ich bekomme das ab. Es tut so weh. Es ist fürchterlich. Eigentlich ist diese Stimmung bei ihr ja ein regelmäßig auftretender und seit langem bekannter Zustand. Doch in den letzten Tagen war sie so gut drauf. Ich habe gedacht, es hätte sich eine positive Wendung ergeben. Aber nein. Und die schon erfüllt geglaubte Hoffnung macht die Enttäuschung dann noch größer. Wenn man weiß wie gut es gehen kann, dann tut es doppelt weh, wenn es so grundsätzlich entgleist.

Weinende Augen

Wie schnell sich alles ändert. Ich habe angefangen Tagebuch zu schreiben. Da habe ich etwas Ruhe. Da bin ich mit mir allein.

„Weinende Augen", habe ich geschrieben. In kleiner Schrift, ganz unten auf eine Seite. Ansonsten ist die Seite leer. Sie bleibt es auch.

Ich weiß dann nicht mehr was ich auf den folgenden Seiten geschrieben habe, irgendwann. Ich bin nur noch hilflos. Meine weinenden Augen stechen hervor, aus dem nutzlos geröteten Fleisch der schlappen Augenlieder. Nächte lang habe ich nicht mehr geschlafen. Immer in Unruhe. Ich nehme das als Strafe für meine dunklen Phantasien, nein eigentlich nicht für die Phantasien, sondern dafür, dass ich sie an Evita heran lies. Dass ich sie mit ihr, nein an ihr ausleben wollte.

Und jetzt bin ich matt, noch nicht so matt wie sie, aber völlig ausgebrannt. Mein Gefühl für sie ist nur noch fürsorgende Liebe, *caritas*, nicht mehr *cupido*. Und ich bin hilflos.

Ich glaube das ist nichts mehr für ein Tagebuch, das ist nichts mehr, das man aufschreiben sollte. Die Geschichte, die wirkliche und die erzählte, ist vorbei. Die Wunde ist offen. Jetzt geht es nicht mehr um Schauen, um zu-schauen, sondern um Handeln, einfach schnell das Richtige tun. Doch was ist das Richtige? Ich bin nur noch gelähmt und um handeln zu können, muss man sich bewegen. Doch das geht nicht. Es geht nichts.

Fremd

Ich bin im Büro. Sie ruft mich an. Wir sprechen über das Laptop, das sie kaufen will oder ihre Mutter, genauer ihre Mutter für Sie aber auch für sich, damit sie zu Hause, also bei ihrer Mutter, arbeiten kann. Das ist der einzige Ort an dem sie arbeiten kann.

Aber jetzt kann sie auch da nicht mehr arbeiten: Es ist nicht mehr wie früher. Seit Jago, der Freund ihrer Mutter, da ist, ist sie wie eine Fremde zuhause. Sie hat alles versucht. Es klappt nicht.

Sie schreit, sie beginnt wie wild zu schreien. Ich versteht nicht mehr was sie sagt, zwischen dem Schreien und Heulen und Schluchzen, Fetzen von Worten, einiges lässt sich einem Inhalt zuordnen, anderes meine ich zu erraten, manches mit meinem schlechten Gewissen. Das ist einfach dumm, ich fühle mich immer schuldig oder zumindest verantwortlich wenn sie in so einem Zustand ist. Ich weiß, dass ich das nicht sollte, aber ich tue es. Dann kann ich es auch wieder ablegen. Viele der immer wieder kehrenden bekannten Vorwürfe poltern aus ihr heraus. Teilweise in Kreisen, zyklisch, immer wieder dieselben Sätze, aber auch Anders, Neues. Viel über ihren Ex-Freund, Pedro, der eigentlich aus Bulgarien kommt und gar nicht Pedro heißt. Das ist zum Beispiel eine wirklich neue Information. Sie hat ihn an der Küste, in einer dieser für die

Touristen gebauten Feiermeilen zwischen den Betonburgen, kennengelernt, denke ich.

Ja ich passe nicht zu ihr, bin zu alt, eine andere Generation. Dazwischen immer wieder der Satz „Ich will dich nicht verlieren" und „Du bist wundervoll". Aber vor allem bläst mir aus ihren Worten kalte Angst entgegen.

In meinem Kopf entsteht ein Strudel. Nein zwei, drei oder vier Strudel sind da. Ein Strudel ist das Thema Mutter, Wohnung, Zuhause. In diesem Strudel schwimmt: Ich habe mein Zuhause verloren. Ich konnte doch immer gut arbeiten. Früher war alles gut.

Ein anderer Strudel ist das Thema der Mutter zu gefallen beziehungsweise sie nicht zu enttäuschen: „Ich enttäusche alle", prustet es aus ihr heraus, „ich mache alle unglücklich."

Ihre Eltern sind doch nach Spanien gekommen, damit es die Kinder, damit sie, es besser haben sollten. Und jetzt, wo sie endlich beruflich erfolgreich sein könnte, wo der Aufstieg so greifbar ist, da wo alles darauf ankommt es richtig zu machen, da funktioniert sie nicht mehr, sagt sie.

Solche Würmer sind in ihrem Kopf, und ich versuche, erschreckt, zitternd ganz vorsichtig an einem dieser Würmer zu ziehen, ihn herauszubekommen aus dem Strudel. Aber die glitschigen Dinger flutschen mir immer wieder aus den Händen. Ich weiß gar nicht wo anfassen und sage dann doch meist nur „Mh" oder lasse meinen Atem über die Muschel des Telefonhörers streiche, damit Sie meine Gegenwart spürt. Ich bin bei dir, will ich ihr sagen, immer wieder. Und in mir nagte es, warum das denn nicht hilft. Braucht man denn nicht, gerade wenn bei einem alle Sicherungen durchbrennen, jemanden, der einfach zu einem hält, egal was ist?

Ich glaube ich liebe sie wirklich. Die Frage ist nur ob ich das aushalte. Wenn ich in das Gesicht meiner Sekretärin schaue, dann meine ich manchmal darin zu lesen, dass sie meint, ich mache das nicht mehr lange.

Kennenlernen

Ich muss mich vergewissern wie es war. Ich schaue alte Notizen durch. Ich habe immer irgendwas aufgeschrieben.

Insgesamt haben wir drei Jahre im selben Team gearbeitet. Keiner der Kolleginnen und Kollegen hat in dieser Zeit auch nur geahnt, dass wir ein Paar waren. Das war ganz erstaunlich. Manchmal war es ganz knapp, aber es kam nie zur Entdeckung. Die Verstellung war bis ins kleinste Detail perfektioniert. Sie funktionierte weitestgehend intuitiv, meist ohne Absprache. Und das machte die Verstellung so effektiv aber auch fürchterlich gefährlich, gefährlich nicht für die Entdeckung, sondern gefährlich für unsere Beziehung. Ja, wenn ich jetzt daran denke, dann denke ich, dass diese Verstellung einen großen Teil unsere Beziehung geprägt hat. Zum Paar sein gehört auch, dass andere wissen, dass man ein Paar ist. Mir war das immer bewusst und trotzdem habe ich nie den Mut besessen diesen Schleier zu durchbrechen. Wir empfanden die Verstellung als notwendig, als einen Schutz für das was zwischen uns war, und doch war es auch eine Gefahr. Wie kann man jemandem trauen, der sich so perfekt verstellt?

Damit die Verstellung funktioniert, redet man gegenüber Kollegen über den Partner so, als sei er fremd. Das distanziert voneinander, selbst wenn man sich sagt, dass das nur zweckgebunden ist.

Zum Glück bekam ich dann das Angebot die Stelle zu wechseln. Ich habe mich anfangs nie getraut es als Glück zu bezeichnen, obwohl ich wusste, dass es Glück war. Den Job, den wir beide zusammen machten, ohne dass man wusste, dass wir zusammen waren, war ein super Job. Es war bisher das Erfolgreichste, was ich gemacht hatte, immer noch lokal, bestenfalls regional, aber im Kollegenkreis landesweit beachtet. Trotzdem war der Wechsel überfällig. Sechs Jahre sind eine lange Zeit. Ein Kollege zitierte Goethe, aber das waren für mich eigentlich alles nur willkommene sagbare Erklärungen. Der eigentliche Grund für den Wechsel war die Beendigung der Situation, in der ich mich zur Verstellung gezwungen sah. Und klar, als Vize mit dabei zu sein, wenn ein neues Produkt auf den Markt gebracht wird, das war eine Herausforderung. Jeder hat mir das geglaubt. Aber es war vor allem die Chance das Doppelleben etwas weniger schwer zu machen. Jetzt gingen wir jeden Morgen in ein anderes Büro, hatten andere Kollegen.

Doch auch nach meinem Wechsel wollte Evita unsere Beziehung immer noch nicht offiziell machen. Sie fand es hätte einen schäbigen Geschmack, der Chef, sie sah mich immer als den Chef, und die Mitarbeiterin. Selbst vor unserer Hochzeit hat sie noch eine Geschichte aufgebaut, ein neues offizielles Kennenlernen. So gibt es zwei Versionen unseres ineinander Verliebens. Und vielleicht liegt es daran, dass ich bis heute, obwohl wir bereits sechs Jahre verheiratet sind, immer noch nicht wirklich glaube, dass wir ein Paar sind.

Vergangenheit

Ich denke an etwas Vergangenheit. Ein Stück aus der Zeit die war. Ich wühle darin, grabe mich in ihr fest. Ich weiß nicht was ich suche. Eine Bestätigung oder einen Anhaltspunkt. Etwas was mir sagt warum es so geworden ist wie es ist. Vielleicht ist es auch Heimweh nach dem Gewesenen. Der Wunsch nach einem zurück. Sehnsucht.

Ich habe mir eine Schokolade gekauft, die man normalerweise nur als Geschenkpackung kauft. Ein Geschenk für mich. Als Kind haben wir diese Schokolade gegessen, wenn Besuch sie mitgebracht hat. Jetzt habe ich mir das Geschenk gebracht, es mir selber gekauft.

Keiner macht mir mehr Geschenke. Meine Frau hat mir früher welche gemacht, jetzt nicht mehr. Sie sitzt da irgendwo in ihrem Zimmer, dieser kleinen Kammer unter dem Dach, die sie sich gemietet hat, nachdem ihre Mutter sie mehr oder minder heraus geschmissen hat aus der Wohnung in der sie aufgewachsen ist. Ein halbes Jahr hat sie da gewohnt, nach unserem Zerwürfnis. Immer noch im Kontakt mit mir, abendliche Telefonate, Horrorerzählungen, heulen, schreien, Vorwürfe und dann aufgelegt.

Der Freund ihrer Mutter hat es nicht mehr ausgehalten mit dem erwachsenen Kind in der Wohnung und hat die Mutter vor die Alternative gestellt. Wenn sie will, dass er bei ihr einzieht, dann nicht zu dritt. „War das so?", frage ich mich. Ich glaube ja. Aber es kann auch noch schlimmer gewesen sein. Und wenn nicht, dann wird es es.

Ich lege mich auf den Boden, mache die Augen zu, presse die trockenen Augenlider fest aufeinander. Kein Platz für Tränen und ich müsste doch weinen.

Schnitt in den Kopf

Meiner Frau fallen die Haare aus, schon seit einiger Zeit fallen sie ihr aus. Sie schlägt sich nicht mehr auf den Kopf, aber die Haare fallen ihr immer noch aus. Eigentlich dürfte sie schon keine mehr haben. Das Kissen im Bett ist voll mit ihnen und der Abfluss in der Dusche auch. Sie wäscht sich jeden Tag die Harre, mit kaltem Wasser nur, weil das besser ist für den Kopf. Aber das schützt sie auch nicht davor. Sie hat sich die Pille verschreiben lassen, wegen des Hormonhaushalts, das soll helfen. Sie hat sich untersuchen lassen, von der Hausärztin und dann auch von einer Dermatologin.

Die Ärztin hat einen Schnitt gemacht, in die Kopfhaut und einige Tag später hat sie gesagt, dass der Haarausfall von dem Stress komme, und von psychischen Problemen. Dann hat sie meiner Frau ein Mittle verschrieben, etwas zum Sprühen und Einreiben. Es hat seltsam gerochen, das Mittel, so etwas nach Desinfektion aber auch irgendwie nach einem süßen Schnaps, nur dass es nicht so klebrig war. Und nach zwei Monaten solle sie wiederkommen.

Jetzt sind die zwei Monate vorbei. Sie ist wieder bei der Ärztin, die ihr in den Kopf geschnitten hat. Die Ärztin ruft die Akte auf, in dem PC, der auf ihrem Tisch steht. Das Telefon schellt. Die Ärztin dreht sich zum Fenster. Es ist ein längeres Telefonat. Meine Frau schaut auf den Bildschirm. Der Bildschirm steht so, dass sie gut lesen kann, was da steht. Die Ärztin hat den Schirm noch etwas herumgedreht, bevor sie ans Telefon gegangen ist. Meine Frau ist sich sicher, dass sie das hat.

Und jetzt liest meine Frau das, was das steht, die Notizen der Ärztin nach dem ersten Gespräch. Sie liest was da steht und möchte schreien, aber sie kann es nicht.

Man kann keinem vertrauten, keinem. Sie wird niemals wieder jemandem ihre persönlichen Ängste erzählen. Niemandem kann man vertrauen.

Später erzählt sie mir diese Szene. „Es ist schockierend, wenn man da liest, wie man wirklich ist", sagt sie. Und ich bin schockiert.

„Das hat die bestimmt extra gemacht", sagt meine Frau. Aber ich kann mir das nicht vorstellen, oder vielleicht doch?

Sie sagt mir nicht was da stand. Vertraut sie mir, meine Frau? Ich glaube sie traut nicht einmal sich selber.

Ich habe gestern meiner Frau das Fahrrad gestrichen. Sie hatte es von ihrer Mutter, ein Rad in Pink, der letzte Teil des Schutzbleches mit weiß. Wie diese Joghurtschokolade sah es aus. Damit kann ich nicht durch die Stadt fahren, meinte sie. Könnte sie schon, es fährt ja, das Rad, aber ich habe es ihr lackiert. Ich bin jetzt nur noch am Wochenende in Valencia und dieses Wochenende habe ich ihr das Fahrrad gestrichen. Am Abend war mir etwas schlecht, von dem Lösungsmittel. Die Frau im Baumarkt meinte für ein Fahrrad sollte man doch einen Lack mit Lösungsmittel nehmen und nicht einen auf Aqua-Basis. Die Lacke mit Lösungsmitteln die seien schlagfester.

Also habe ich einen solchen Lack genommen, habe den Rahmen mit Lösungsmittel abgewaschen, damit das Fett weck kommt und habe dann das Fahrrad geschliffen, zunächst mit grobem und dann mit feinem Schleifpapier.

Am Sonntag hat meine Frau sich dann das fertig lackierte Fahrrad angeschaut. Es hat ihr nicht gefallen. Die Farbe war ihr zu hell, zu auffällig. Ich habe nichts gesagt, nur auf ihren Kopf geschaut und an den Schnitt gedacht, den Schnitt, den die Ärztin gemacht hat. Und irgendwie habe ich den Schmerz des Schnittes gespürt, nicht nur in meinem Kopf.

Schrei

Ich war zwei Wochen unterwegs, dienstlich, dann, nur
für eine Nacht zu Hause. Am Abend erst spät angekommen und am nächsten Abend musste ich schon wieder
reisen. Sie wusch sich noch die Schminke aus den Augen,
im Bad, gebeugt über die Badewanne. Sie schluchzte. Irgendwie dachte ich, dass sie sich in einen Anderen verliebt
habe. Den Gedanken hatte ich in den letzten Tagen öfter.

Sie hatte mir von einer Einladung nach New York erzählt. Jemand, den sie auf einer Party getroffen hatte, hatte sie eingeladen. Er ging für ein Jahr an ein Jesuitenkolleg
in die Bronx. Er hatte wohl jeden auf der Party eingeladen
nach New York zu kommen, so wie Leute das machen,
die nach Übersee gehen. Sie wollen die Heimat irgendwie
mitnehmen.

Trotzdem, und obwohl ich weiß, dass ich viel zu schnell
eifersüchtig werde, war ich es schon. Sie machte auf mich
den Eindruck, dass sie in dieser fürchterlichen Stimmung
war, in der man ist, wenn man mit jemandem zusammen
ist, den man sehr mag und mit dem man eigentlich, so
sehr wie mit keinem anderen, darüber sprechen möchte, dass man gerade sprüht wie es anfängt frisch verliebt
zu sein. Und natürlich möchte man auch genau diesem
Menschen, um alles in der Welt auf jeden Fall ganz und
gar nichts davon sagen, da man ihn doch liebt und ihn
nicht verletzen will. Eine klassische Dilemma-Situation.

Genau so habe ich sie erlebt. Es war in ihren Augen, in ihren Gesten, in der zitternd gedehnten Langsamkeit mit der sie durch den Raum ging, zum Fenster geschaut hatte, als sie von New York erzählte, so als ob dort draußen etwas sein könnte das die Lösung wäre für das Toben in ihr. Ich glaubte förmlich zu spüren wie es an ihr zerrte. Und jetzt hörte ich sie im Bad, immer noch schluchzen.

Ich ging zu ihr, wollte sie trösten. Stand hinter ihr, streichelte über ihren nackten Rücken, zwischendurch habe ich sie auch ein paar Mal in den Arm genommen. Sie ließ es geschehen, in der Mischung aus Passivität und Gleichgültigkeit, die Menschen an sich haben, denen alles egal ist, weil das, was für sie eigentlich wirklich wichtig ist nicht mehr machbar ist. Weil es das wirkliche Leben, das Glück, nicht mehr gibt, nicht mehr geben kann. Beinahe hätte ich sie gefragt: „Hast Du dich verliebt? In einen Anderen?" Ich habe es dann nicht getan. Irgendetwas hinderte mich daran, nicht viele, aber so viel, dass ich die Frage nicht stellte.

Doch mit meinen Vermutungen, mit dem ganzen feucht schwangeren linianenüberwucherten Urwald düsterer Gedanken, lag ich völlig falsch, völlig.

Langsam kam es aus ihr heraus: „Ich weiß nicht mehr was ich machen soll."

Ich verstand sie nicht. Ich dachte immer noch an einen Nebenbuhler. Und erst als sie schluchzte: „Ich habe keine Mutter mehr." Da verstand ich was los war. Das war es also. Sie hatte sich mit ihrer Mutter gestritten, wieder einmal.

Die Mutter hat ihr vorgeworfen, dass sie sie störe, sie ihr fremd sei. Ein Schmarotzer sei sie, der die Mutter ausnutze. „Ich bin der letzte Dreck", kommt es heulend aus meine Frau hervor. Und zwischendurch sagt sie immer wieder: „Trotzdem: Sie ist keine Rabenmutter."

Nein, obwohl ihre Mutter ihr die größten Vorwürfe macht, sie „zur Sau macht" wie sie sagt, sie zusammenscheißt, nimmt sie ihre Mutter noch in Schutz. Ich sage gar nichts, aktives Zuhören nennt man das wohl. Vielleicht sollte ich eine Ausbildung als Therapeut machen.

Dann beugt sie sich noch einmal über das Becken, die Tränen aus dem Gesicht zu waschen. Und plötzlich schreit sie, schreit einen Schrei, der durch Mark und Bein geht. Einen Schrei, wie ich ihn noch nie gehört habe. Ich spüre den Druck der Schallwellen schmerzend in meinen Gehörgängen. Ich greife sie, von hinten, den ganzen Körper fasse ich mit meinem Körper. Ich spüre diesen Schrei, sehe ihre Hände vor dem Gesicht, die Finger in den Augenhöhlen, Wasser tropft von den Händen. Für den Bruchteil einer Sekunde denke ich, sie hat sich mit den krampfenden Händen die Augen ausgedrückt. Doch das ist es nicht. Es sind nur die Finger vor den Augen, die Finger die das Wasser abwischen, das Wasser und die Tränen. Sie schluchzt, unaufhörlich schluchzt sie. Ich halte sie, sie lässt sich halten aber helfen tut es nicht. Ich Blick ist fast starr, aber sie bewegt die Augen noch, auch wenn sie lange in eine Richtung schaut, dann aber doch wieder in eine andere. Ich trage sie zum Bett, halte sie wie ein Baby im Arm, den Oberkörper nur. Sie liegt in meinen Armen. Ihr Kopf auf meinem Unterarm. Ihr Mund berührt meinen Bizeps. Wie ein Säugling liegt sie da. Ich denke, sie hat viel zu wenig Liebe bekommen, viel zu wenig Liebe. Sie sucht immer noch die Liebe ihrer Mutter, die Liebe die sie nicht bekommen hat.

Und dann fängt sie an zu sprechen. Sehr langsam fängt sie an, die Stimme etwas höher als gewöhnlich und hohl, wahrscheinlich einfach nur so etwas wie Heiserkeit, von dem Schrei. So einen Schrei habe ich noch nie gehört. Durch Mark und Bein ist er mir gegangen. In meinem

Inneren zittert immer noch das Echo dieses Schreis. Ich weiß nicht, ob ich mich je davon erhole, denke ich. Aber ich versuche einfach nur ruhig zu wirken, ruhig zu sein, ruhig und stark.

Vorsichtig setzt sie ein Wort an das andere. Irgendwann ist es schon ein ganzer Satz. Ich höre zu, nur ab und zu ein ‚Mmh' dazwischen, sanft eingeflochten als Marke des Verständnisses. Und ich sage sonst nichts, nichts von der naheliegenden Bestätigung, die sie so oft von mir bekommen hat. Kein wortreiches ihr recht geben, keine Bestärkung in ihrer Klage über die Mutter, über die Ungerechtigkeit ihrer Situation.

Ich lasse das alles, lasse ihre Worte so stehen, wie sie sie sagt. Versuche sie nicht in eine Richtung zu lenken, so wie sonst, wenn ich mir, mit meinem Versuch, ihr den Weg aus dem Dilemma zu zeigen, die Verantwortung für ihre Dilemma auflade. Ich lasse sie einfach so reden, lasse sie so sein.

Ganz langsam wird es besser, wird es fast schon gut.

Und irgendwann sagt sie: „Ich merke richtige körperlich wie ganz viele Steine von mir abfallen."

Es dauert noch lange bis wir schlafen aber wir schlafen.

Am nächsten Morgen, beim Frühstück, erzählt sie mir, dass sie geträumt hat, sie sei Zuhause gewesen, in der Wohnung. Zuhause ist immer die Wohnung ihrer Mutter. Viele Leute sind herumgelaufen, irgendwie wurde Umgezogen. Der Freund ihrer Mutter war da und ihre Mutter und auch ich.

Ich bin in eine andere Ecke des Zimmers gegangen, in ihrem Traum, die Wohnung ist etwas verwinkelt gebaut. Man kann in demselben Zimmer sein und sich doch nicht sehen.

Und dann hat sie mit mir telefoniert, obwohl wir doch beide in der Wohnung waren. „Mauricio", hat sie gesagt, hier ist deine Evita." Sie sagt fast nie meinen Vornamen, meist sagt sie „Hase" oder „Hoppler". Diesmal war es der Vorname.

Und der Mauricio, mit dem sie telefoniert hat, im Traum, war ein anderer Mauricio, als der Mauricio den sie gerade noch gesehen hatte, der doch hier im Wohnzimmer nur hinter den Sims gegangen war, an dem der Kamin stand. Am Telefon war ich ein Anderer, habe ihr etwas anderes erzählt, als der Mauricio der gerade im Zimmer war. Und sie konnte auch nicht sehen, ob ich der im Zimmer war, der mit ihr telefonierte. Und sie fragte: "Wo bist du?" Und der Mauricio am Telefon war an einem anderen Ort, als der im Zimmer. Sie wollte wissen, wo ich arbeite, was ich mache und der am Telefon hat ihr etwas erzählt, was nicht stimmen konnte, da sie mich doch gerade noch in der Wohnung gesehen hatte. Ich konnte doch nicht weit fort sein. Und entweder war ich ein anderer oder ich log. Oder, ich, der ich zuhause war, war nicht der richtige Mann oder es gab zwei von mir und sie konnte nicht feststellen wer der Richtige war, wer der Mann war der ihr Mann war.

Wie sie mir den Traum erzählte, bekam sie Gänsehaut, der Traum wurde fast wieder lebendig. Ich wundere mich immer, dass sie ihre Träume so gut erinnert. Ich bin sicher, dass ich auch träume, aber ich kann mich meist nicht an die Träume erinnern.

Es war gar nicht kalt im Zimmer, recht warm sogar. Es war doch Sommer, auch wenn der Sommer in diesem Jahr nicht sehr schön war. Trotzdem war es warm. Aber sie hatte eine Gänsehaut, und ich meinte den Hauch der Kälte zu spüren, der sie frösteln ließ.

Der große Raum

Ich suche dringend eine Wohnung. Das ist so ein Traum, den ich habe, seit ich in Bilbao arbeite. Ich fühle mich hier wohl und die Wohnung habe ich schnell gefunden. Das war gar kein Problem. Eigentlich gibt es gar keinen Grund für einen immer wiederkehrenden Wohnungssuche-Traum. Aber fast jede Nacht wache ich von diesem Traum auf. Wahrscheinlich brauche ich einfach etwas länger um anzukommen.

Im Traum: Ich suche eine Wohnung. Ich spreche mit einem Freund. Genau genommen ist es nur ein Bekannter. Irgendwann einmal saß ich mit ihm zusammen an einem Tisch in einem Restaurant, zufällig. Es war kein anderer Platz mehr frei und ich hatte es eilig, musste schnell noch etwas essen, vor der Abreise. Also habe ich mich an den Tisch gesetzt, ihm gegenüber. Seit dem ist er mein Bekannter.

Normalerweise mache ich das nicht gerne, so unter Zeitdruck essen. Etwas von der Karte wählen, von dem man ausgehen kann, dass es schon einige Zeit vorgewärmt in der Küche steht. Ich finde das fürchterlich. Ich mag diese Restaurants nicht, die Plastikdecken auf den Tischen haben und bei denen alles in das gleichmäßig grelle Licht von ein paar billigen Neonröhren getaucht wird. Doch als ich neu in Bilbao war, da bin ich öfter in solche Restaurants gegangen. Der Wein war manchmal gar nicht so schlecht. Und einmal eben habe ich, in so einem Restaurant, diesem Mann gegenüber gesessen, ihn dann später noch ein paarmal gesehen, in der Stadt, dann auch noch einmal mit ihm gesprochen, als wir uns zufällig in der U-Bahn getroffen haben.

Er arbeite bei einer Bank, hat er gesagt und er war auch wohl so ein richtige Banker. Zumindest machte er auf mich den Eindruck ein richtiger Banker zu sein. Trotzdem war er nicht unsympathisch. Und er hat mir die Wohnung besorgt, eigentlich nur den Kontakt, hat mir eine Telefonnummer gegeben, meinte da solle ich einmal anrufen. Ein Kollege habe da etwas zu vermieten, eigentlich nur ein Zimmer, im Souterrain, aber recht groß und große Fenster, trotz Souterrain, fast so ein bisschen loftmäßig, und nicht sehr teuer. Oben würde noch renoviert.

Ich habe angerufen und dann war ich in der Wohnung. Ich habe sie genommen. Eigentlich war sie nur ein Keller mit Fenster. Irgendwie erinnerte die Wohnung mich an den großen Bastelkeller im Haus meiner Eltern, nur größer, wesentlich größer, fast wie eine entkernte Lagerhalle. Das mit dem Loftcharakter stimmte schon. Eine Ecke war noch abgetrennt, zwei Räume, Es wurde noch renoviert, nicht oben, wie der Bekannte meinte, sondern im Keller. Diese beiden Räume waren noch nicht zu betreten. Es waren einige Leute da, sie sahen irgendwie wie Banker aus, italienische Banker, sehr italienisch, so ein bestimmter Type Italiener, mafiös, und in keiner Weise sympathisch.

Jetzt war ich mit meinem Traum in einem Krimi, Vorabendserienniveau, oder vielleicht auch eine Mischung aus Vorabend und Hollywoodschinken: Zwei sprechen darüber, dass noch sauber gemacht werden muss, in dem einen Raum. Sie sprechen so darüber, dass ich nicht richtig verstehe worum es geht, aber sie sprechen auch so, dass ich sie irgendwie schon verstehe. Sie wollen wohl auch, dass ich es verstehe. Ich schaue auf die Tür. Der eine spricht von einem Spiegel. Ich denke an Fingerabdrücke. Jetzt ist es die Vorabendserie.

„Sind Sie empfindlich", fragt der eine. Er fragt mich. Ich sag nichts und denke an Blut. Blut kann ich nicht sehen, mir wird schlecht wenn ich Blut sehe, manchmal reicht schon der Gedanke daran. Der, der mich gefragt hat, macht die Tür auf. Ich mache die Augen zu und schaue dann doch hin. Ich sehe einen Spiegel an der Wand, der Tür gegenüber und einen Tisch. Eine klassische Filmszene, ein Verhörzimmer. Und dann sehe ich, mit dem Rücken zu mir, eine Frau, eine schwarze Frau mit silbrigem Kleid, über den Tisch gebeugt, blutverschmiert.

Dann werde ich wach. Aber nicht richtig sondern nur so halb und im Halbschalf denke ich den Traum weiter. Ich bin in der Wohnung. Einige Tage später, ich wohne bereits in der Wohnung, treffe ich meinen Bekannten wieder, den, der mir die Wohnung vermittelt hat, durch die Telefonnummer. Er lächelt: „Na wie geht's." Er weiß mehr, das fühle ich, er weiß alles über mich. Und dann kommt in mir der Gedanke, dass er der ist, der das mit der Frau gemacht hat und mir will man es anhängen.

Ich habe einen Spiegel angepackt, nicht in dem Zimmer, da hat man die Wand weggerissen und jetzt ist da eine Küche. Die haben gründlich sauber gemacht. Aber ich habe beim Umbau geholfen. Ich musste. Da war auch ein Polizist, und der dachte sicherlich, dass ich es war.

Nein, an dieser Stelle funktioniert die Geschichte nicht, denke ich. Jetzt bin ich richtig wach. Ich hätte das doch an dieser Stelle noch klären können. Habe ich aber nicht. Man macht nicht immer das Logische oder das Vernünftige und vor allem nicht im Traum. Einen Moment später träume ich schon wieder oder ich liege im Halbschlaf im Bett und denke den Traum weiter.

Das wird langsam zu kompliziert und zu unappetitlich, vor allem unappetitlich. Das will ich nicht. Ich drehe mich um. Versuche an etwas anderes zu denken. Aber dann laufen die Gedanken doch weiter. Ich bin wieder im Traum. Ich bekomme Wut. Mich will man zum Mörder machen und dieser feine Banker, der ein Mafiosi ist, der ... Ja was ist eigentlich mit ihm? Ich weiß nicht wie ich den Charakter weiter zeichnen soll. Das ist eigentlich nichts Besonderes, ein Banker, der ein Mafioso ist. Alle Topbanker sind Mafiosi. Sie schieben Geld, das ihnen nicht gehört, hin und her und nehmen sich davon was sie wollen. Aber das kann man nicht so sagen und das ist auch ungerecht. Ich habe Freunde, die bei einer Bank arbeiten und die ihren Job ehrlich machen. Aber im Traum ... – Ach nein das hatten wir schon. Also doch: Dieser Banker, der Bekannte, er ist ein Mafioso einer von diesen Folter-Typen die die Drecksarbeit machen für den großen Boss. Und er war es, da bin ich mir sicher, er hat die schwarze Frau umgebracht, grausam. Und mir will er es in die Schuhe schieben, wenn die Polizei einmal dahinter kommen sollte und er macht solange wie die nichts merken weiter mit seinem Geschäft und ich bin sein Alibi. Jede Nacht ein Mord und ich bin mitschuldig. Ich decke ihn.

Ich muss etwas dagegen tun. Irgendwie. Ich glaube einer der Männer, die die Wohnung aufgeräumt haben, die die die Renovierung gemacht haben, beim Einbau der Küche, der kleine freundliche Türke, oder Italiener oder Schwede, ja vielleicht auch ein Ire, ich kann das nicht auseinander halten, das ist eine internationale Bande, auf jeden Fall einer von dieser Bande, hat irgendwas gesagt, das mich auf die Idee gebracht hat, dass man dem das Handwerk legen muss. Einer von außen muss es machen.

Ich bin einer von außen. Ich könnte es machen. Ich bin sowieso schon bald im Gefängnis, für Morde die ich nicht begangen habe. Aber es muss ja auch nicht sein, dass ich ihn töte, den Mörder. Ich muss ihm nur einfach das Handwerk legen, ihm die mordenden Hände abhacken. Ich mache es, mache die Augen zu und mache es mit einer Maschine und einem Zufall, den ich konstruiere, in der Straßenbahn: ein technischer Defekt an einem Fahrkartenautomaten, ein Stromschlag in der Mulde in der das Wechselgeld ausgegeben wird, mehrere tausend Volt und dann sind sie verkohlt, die Hände des Mörders.

Unheimlich durcheinander blitzen verzerrt die grausamen Bilder auf. So geht das nur im Traum. Wenn man das als Film machen wollte, dann gäbe das ein paar wilde Schnitte und extreme Musik, Fetzen dicht aneinander gesetzt, Risse, Sprünge, blitzende Farben. Und dann lebe ich weiter in diesem Film. Ich lebe in der Wohnung, die ein Keller ist, ich kann ja nicht ausziehen, ich würde mich verdächtig machen. Und ich lebe mit dem Bekannten zusammen. Es war ein Unfall, für ihn war es ein Unfall. Beide Hände sind verkohlt, vollständig. Er weiß nicht, dass ich es war. Und er lebt bei mir, ich pflege ihn. Warum auch nicht. Jetzt kann er ja die Frauen nicht mehr zu Tode quälen. Er ist ja quasi arbeitslos. Wir sprechen nicht viel miteinander. Ich pflege ihn, und er lebt, still und spricht nicht. Warum auch. Soll er mir erzählen was er gemacht hat? Ich sage ihm auch nicht was ich gemacht habe. Es ist halt passiert. Es musste passieren. So denke ich mir das.

Und dann sehe ich eines Tages eine Frau, eine schwarze Frau, sie trägt ein silbernes Kleid. Nun es gibt tausende, Millionen von Frauen die schwarz sind. Und von diesem Kleid gibt es sicherlich auch einige Tausend. Industrielle Massenware aus Bangladesch, gehandelt über eine global agierende Textilhandelskette. Aber ich gehe hinter der

Frau her. Warum weiß ich auch nicht. Und dann sehe ich, dass das Kleid Blutflecken hat. Genau an der Stelle an der ich sie auch gesehen habe, als ich in den Raum geblickt habe. Das ist verrückt. Das kann nicht sein. So genau kann man sich das nicht merken und außerdem so viel Blut in dem Zimmer und dann die Flecken auf dem Kleid. Jedes Kleid kann Blutflecken bekommen irgendwo. Nein, nein, nein, denke ich. Aber ich lasse mich nicht überzeugen von mir. Ich habe einfach das Gefühl, dass das das Kleid ist.

Sie geht in ein Kaffee. Ich folge ihr, setze mich ihr gegenüber, bestelle einen Tee. Ich nippe an dem heißen Glas, warte bis der Tee abgekühlt ist, trinke langsam. Aber irgendwann ist der Tee ausgetrunken. Ich stehe auf, gehe an ihr vorbei. Das war's. Was soll ich auch machen. Soll ich sie fragen ob sie vor einigen Wochen ermordet worden ist? Das ist doch verrückt. Das geht nicht einmal im Traum.

Ich gehe aus dem Kaffee, damit ich mir nicht weiter meinen Kopf zermartere, und dann stoße ich an ihren Tisch. Das ist wirklich eine zu dumme Nummer, ich hätte das nie absichtlich gemacht. Es ist schon längst vorbei, die ganze Sache. Aber sie schaut mich an. Ich hebe ihre Tasche auf, ein Portemonnaie liegt auf dem Boden und ein Schlüssel, halt so das, was eine Frau in der Tasche hat. Sie steckt es ein. Ich sage Entschuldigung und irgendwie ist mir schlecht. Mir wird schwindelig. Das ist nur wirklich die dämlichste Nummer. Bitte nicht jetzt, denke ich. Ich hatte das einmal, das mir einfach so schlecht wurde, ich glaube ich hatte an dem Tag zu wenig gegessen, dann passiert mir das schon einmal. Aber jetzt habe ich genug gegessen und ich will nicht wieder mit dem Krankenwagen ins Krankenhaus und dann da ein paar Tage untersucht werden und dann ist doch alles okay oder die können nichts finden oder was auch immer. Und außerdem ist das jetzt wirklich völlig dämlich und klischeehaft. Und mir wird auch nicht schlecht, sondern ich setze mich und sie schaut mich an und meint: „Sie sind ja ganz blass".

Ich bin immer blass. Weiß auch nicht warum. Und für eine schwarze Frau bin ich wohl noch besonders blass. Ist halt so. Ich versuche zu lächeln. Sage dann entschuldigend und ein bisschen verlegen, „hab halt etwas wenig geschlafen, die letzte Zeit, geht schon." Und dann stehe ich auf und sie lächelt und dann bin ich mir sicher, das ist nicht nur das Kleid, das ist diese Frau. Das ist die Frau, die ich in dem Zimmer gesehen habe. Sie war nicht tot.

In den folgenden Tagen sehe ich sie öfter. Sie wohnt offensichtlich in meine Viertel. Und dann spreche ich mit ihr. Hat sie mich angesprochen, habe ich sie angesprochen? Ich weiß es nicht. Ja, es geht mir wieder besser. Ich sehe nicht mehr so blass aus. Irgendwann in dem Gespräch sagt sie dann auch, dass ich einmal in die Sonne gehen soll.

Diesen Satz höre ich oft, ich kann das nicht ausstehen, diesen Satz. Meine Frau sagt ihn immer. Ich mag das nicht. Ich bin halt blass auch wenn das ungewöhnlich ist. Aber ich bin doch nicht ein Tourist, der sich den ganzen Tag ungeschützt in die Sonne legt.

Sie ist Schauspielerin, natürlich, wer so aussieht ist Schauspielerin denke ich. Aber sie ist arbeitslos. Ja, klar. Schauspieler sind entweder berühmt und dann trifft man sie nicht einfach so auf der Straße, weil sie in ihrer Jacht gerade vor den Malediven in der Sonne liegen und teuren Champagner schlürfen, womit wir wieder bei Sonne und braun wären. Oder sie sind arbeitslos und schlagen sich so mit irgendwelchen mehr oder minder miesen Gelegenheitsjobs durch. Das neueste, was sie so macht, sind „Reality Fiction Jobs". So nennt sie das. Sie spielen auf der Straße oder in einer Wohnung etwas für Leute, die gar nicht wissen, dass es gespielt ist. Sie inszenieren Realität. Und das gibt dann ganz wilde Geschichten.

Habe ich auch schon einmal in einem Film gesehen, so etwas. Ja und das macht sie. Sie meinte, vor zwei Monaten habe sie da zufällig einmal einen wirklich guten Job gehabt.

Klar, den Rest kann ich mir denken. Dieser Traum ist zu klischeehaft. Sie hat das Opfer gespielt und der Type der mir die Küche eingebaut hat, hat die Schauspieler engagiert, um dem Banker, mit dem er ein Problem hatte, durch mich zu verletzen. Scheiße.

Ich höre auf mit dem Traum und dem Traumdenken. Ich rufe meine Frau an und habe den Eindruck, dass sie merkt, dass ich durcheinander bin. Sie ist gut drauf. Bei ihr läuft es gut, wirklich gut, und ich bin noch mehr durcheinander.

Prüfungsangst

Ich bin in Córdoba, den ganzen Tag schon. Es sind noch zwei Konferenzen, ich werde also erst Donnerstag nach Hause kommen, auch dann nur kurz, denn am Wochenende bin ich wieder in Madrid. Ich habe dort in der Redaktion einen Arbeitsplatz bekommen. Eigentlich nur einen Tisch wo ich meinen Laptop hinstellen kann und einen schnellen Netzwerkanschluss. Es ist fürchterlich: Dieses ultramoderne mobile Internet, das man mir in meinen Laptop eingebaut hat, funktioniert nicht. Es legt die ganze Maschine lahm. Wahrscheinlich ist es einfach nur falsch konfiguriert. Aber hier bekommt das keiner hin, und aus Bilbao, da wo der Spezialist sitzt, der letzte Woche die ganze Technik zusammengestellt hat, schicken die dafür keinen. Es ist wahrscheinlich nicht einmal böse Absicht. Die von der Geschäftsführung verordneten Sparmaßnahmen haben die ganze Infrastruktur zerschlagen. Es ist ein Wunder, dass von der Technik überhaupt noch etwas funktioniert.

Ich werde morgen einen Vortrag halten und jetzt muss ich früh ins Bett. Ich habe in letzter Zeit zu wenig Schlaf bekommen. Guter Vorsatz: früher ins Bett gehen. Ich rufe trotzdem noch schnell vorher zuhause an. Ein Fehler.

Die erste Frage: „Hast du meine E-Mail nicht bekommen?" Nein, habe ich nicht. Ich habe das letzte mal so um zwölf in meine privaten Mails geschaut.

Okay, ich merke ihr geht es schlecht. Ich bin noch voll von den wunderbaren Erinnerungen von gestern Abend. Nur ganz kurz war ich zuhause, und sie war da. Wir haben zusammen Bilder angeschaut von den Kindern meines Bruders. Wunderbare Kinder und sie eine wunderbare Frau, mit dem Laptop in der Küche. Ich koche etwas Reis und Ratatouille aus dem Glas. Die ganze Zeit mein Blick auf sie. Sie ist wunderschön. Ihre Augen leuchten und sie sieht jedes Bild so genau und findet in der Fülle der Digitalbilder sofort das gelungene heraus. Sie hat einen wirklich guten Blick. Ich war schon lange nicht mehr so glücklich. Ja, in solchen Momenten weiß ich warum ich sie liebe. Den ganzen Tag habe ich an sie gedacht. An das Glück, dass sie ausstrahlte. – Okay und jetzt geht es ihr schlecht. Wie schlecht, das merke ich erst nach einigen Minuten Telefonat. Ich werde nervös. Ich mag diese Telefonate nicht, vor allem nicht über das Handy. Wenn ich etwas leiser spreche, so voller Liebe, da schmeißt der Limitier der Sprachsoftware mich aus der Leitung und sie hört gar nichts. „Was hast du gesagt?" und dann wiederhole ich meine zärtlich dahingehauchte Liebesbekundung im sauber artikulierten, Wort für Wort trennenden, Diktatstil. Diese Handytelefonate sind fürchterlich.

Sie heult. Sie wird die Prüfung nicht schaffen. Wie machen andere das? Die lernen nur zwei Monate vorher und kommen durch die Prüfung. Sie ist schon das ganze Jahr daran und es ist wie als wenn ihr einer ein Messer an den Hals setzt und sie muss sich immer mit bewegen, damit sie nicht verletzt wird. Diese Professoren. Warum ist das so, dass alles an einer Prüfung hängt. Ihr ganzes Leben hängt davon ab. Wenn das nicht klappt ist alles umsonst. Zehn Jahre Studium. Alles umsonst. Es ist wie mit dem Abitur. Es zählt nicht was man vorher gemacht hat, wie gut man in der Schule war, wie gut im Studium. Eine Prüfung und Alles ist futsch.

Das ist alles Unsinn, denke ich. Sie hätte gar nicht noch einmal an die Universität gehen müssen. Sie hat eine gute Ausbildung, sogar zwei Abschlüsse und einen guten Job. Sie ist anerkannt. Ich habe es nie verstanden warum sie unbedingt noch einen Doktor machen musste. Und dann hat doch bisher auch alles gut geklappt. Sie hat doch schon fast Alles in der Tasche. Es ist nur noch eine Prüfung. Natürlich ist man da nervös, aber doch nicht so extrem. Letztendlich ist es doch sogar egal, selbst wenn sie es nicht schaffen würde. Aber das kann ich ihr natürlich nicht sagen.

Ich versuche sie zu beruhigen. In meinem Hirn martert es krampfhaft. Wie komme ich nur in die Schleife hinein, in die sie sich verwickelt. Irgendwo muss doch eine Stelle sein, an der man das ganze Knäuel von Selbstverachtung und zerstörtem Selbstbewusstsein entwirren kann. Ich versuche es vorsichtig. Es hilft nicht. Sie heult jetzt richtig. Schreit: „Ich bin einfach zu doof dafür. Am liebsten würde ich zu diesen Professoren hingehen und mir in den Kopf schießen, damit das Blut auf ihren Tisch fließt, und die Fetzen aus diesem kleinen Hirn blutig vor ihnen liegen. Das wollen sie doch."

Ich spüre ihre Angst förmlich durch das Telefon. Ich sage ihr, dass ich ihre Angst sehe, dass ich gleichzeitig aber auch sehe, dass es objektiv keine Grund gibt für die Angst, zumindest nicht für eine so große Angst. Etwas Angst ist ja ganz normal. „Es ist wie wenn man im Keller steht und das Licht ausgeht, dann hat man auch Angst", sage ich, „und die Angst ist auch real. Aber wenn das Licht angeht dann sieht man, dass da nur ein Schrank steht und dass man keinen realen Grund gehabt hat für die Angst." Ich hole Luft, hoffe dass es irgendwie bei ihr ankommt. Sie schluchzt nicht mehr so stark. „Ich möchte dir ganz viel Licht machen", sage ich.

„Du redest manchmal wie ein Priester", kommt es scharf von ihr zurück.

Ich liege mit Tränen im Bett. Ich kann nicht mehr. Ich merke wie sehr ich sie liebe und wie wenig ich ihr helfen kann. Ich will es auch gar nicht mehr versuchen. Ich sehe nur das Leid und heule, weil eine so wunderbare Frau so entsetzlich leidet, völlig unnütz. Irgendetwas ist da bei ihr falsch verbunden, ein riesen Druck lastet auf ihr. Die Wünsche von Eltern, wahrscheinlich ganzer Generationen von Eltern lasten auf Ihr. Sie wäre die erste, die einen Doktor hat in der Familie. Und außerdem: Ihre Eltern sind nach Spanien gekommen, damit die Kinder, also sie, es besser haben sollten, sagt sie. Quatsch ist das. Die sind nach Spanien gekommen weil sie dachten, dass sie hier angenehmer und leichter leben können. Ein Verwandter hatte in Sevilla ein gut gehendes Restaurant. Daher kannten ihre Eltern das Land. Er hat die ersten Kontakte vermittelt. Deshalb haben sie sich das zugetraut, zu Hause alles aufgeben. Spanien war zu der Zeit noch kein klassisches Einwanderungsland. Aber die Immobilien und die Touristen versprachen viel leicht zu verdienendes Geld. Ganz egoistisch sind ihre Eltern gewesen. Die Kinder haben sie mitgeschleppt und vollgepackt mit den Wünschen, die sie selbst nicht erfüllen konnten.

Dieses ganze Gepäck drückt meine Frau. Und mich drückt es jetzt auch und es dauert lange bis ich einschlafe. Am nächsten Morgen frag ich mich, warum ich mir eine solche Frau gesucht habe. Aber ich schiebe diese Frage ganz schnell wieder beiseite.

Nacht

Für eine ganze Reihe von guten Stunden hält die kleine Zauberei mit den vielen zärtlichen Worten. Sie funktioniert und schlängelt sich langsam durch die noch nicht vollständig gezeichnete Landschaft. Fast wird so etwas wie Glück spürbar. Nur ganz im Hintergrund leuchtet schon dunkel das Grauen, das Zucken in ihrem Hals, der krampfende Muskelstrang neben der Schlagader, der hinunter durch bis ins Herz geht.

Sie küsst mich. Dann noch einmal, kaum gespürt, ein kurzer Druck. Ihr Mund auf meinen Lippen, nur etwas zu heftig für einen Kuss und das Oberlippenfleisch spürt die scharf schneidende Kante der vorderen Zahnreihe. Einige wenige Gefäße geplatzt und homöopathisch auf meiner Zunge der Geschmack von Blut.

„Nichts passiert", sage ich und wenig später passiert wieder nichts, wenn sie mich umarmt, umklammert, voller Verlangen, erregt und bei mir regt sich nichts, auch nicht als ihre Hand nachgreift.

„Magst du mich?", fragt sie und ich sage „Ja, ja ich mag dich, ich liebe dich." Aber mein Körper sagt nein, meint sie, und auch wenn ich meine, dass es eine ganz andere Ursache hat, dass ich nicht komme, so fürchte ich, dass sie es nicht glauben kann. Und ganz hinten in mir sagt ungehört eine Stimme wortlos, dass es nicht geht. Vielleicht käme ich bei ihr, wenn sie es glaubte, denke ich und weiß nicht, ob das nur der Versuch einer Ausflucht ist. Vielleicht glaube ich es selbst nicht.

Diesmal schläft sie und ich bin es, der nicht schlafen kann. Am liebsten würde ich mich an den Schreibtisch setzen und an dem Konzept für das neue Produkt arbeiten. Aber ich bleibe dann doch im Bett liegen.

Blut hinter den Ohren

Es ist doch noch etwas später geworden, heute im Büro. Wir sind mit dem Projekt sehr gut vorangekommen. Wenn alles so weiter läuft, werden wir auch in dieser Phase im Zeitplan bleiben. Das ist vor allem meine Leistung. Das muss mir erst einmal einer nachmachen, denke ich, drei so unterschiedliche Redaktionen so schnell zusammenzubringen. Nur mit meinem Privatleben bin ich nicht im Zeitplan. Überhaupt nicht. Ich habe versprochen heute spätestens um sechs zuhause zu sein. Das war leichtsinnig. Jetzt ist es schon viertel nach sieben. Ich beeile mich. Die Mappe mit den Notizen von der Abschlussbesprechung heute Nachmittag, schließe ich in den Schreibtisch ein. Sicher ist sicher. Wenn die weg kämen, hätte ich ein Problem. Ich werde das morgen in die Planungstabelle eintragen. Heute schaut da sowieso keiner mehr rein.

Der Fahrstuhl kommt nicht. Das dauert in letzter Zeit immer ewig, denke ich. Ich schaue auf die Anzeige über der Edelstahltür: Vierzehn, fünfzehn. Ach nein. Das Ding fährt ja noch einmal nach oben und der zweite Aufzug ist defekt. Das Haus wurde erst vor zwei Jahren völlig renoviert. Eigentlich ist alles neu, aber es funktioniert fast nichts. Neben mir steht eine Praktikantin. Die ist noch nicht lange hier, denke ich, und schaue auf den engen Rock, in den sie sich hinein gepresst hat. Ein schöner Po.

Ich schaue schnell wieder auf die Anzeige. Der Aufzug hängt jetzt irgendwo zwischen acht und sieben.

Das dauert mir zulange. Ich nehme die Treppe. Runter ist das kein Problem. Es sind ja nur drei Stockwerke. Wenn ich Pech habe, bin ich dadurch nicht einmal schneller unten. Das ist mir schon einige Male passiert, dass, wenn ich die Treppe genommen habe, ich beim Pförtner den Kollegen, mit denen ich oben zusammen auf den Aufzug gewartet habe, wieder getroffen habe. Doch diesmal ist die Eingangshalle leer. Also war ich doch schneller, denke ich. Außerdem merke ich, dass mir die Bewegung, nach dem vielen Sitzen den ganzen Tag lang, gut getan hat. Im Vorbeigehen nicke ich dem Pförtner kurz zu. Der kennt mich, da brauche ich keinen Ausweis.

In der Stadt ist ziemlich viel Verkehr, aber ich komme gut durch. Trotzdem bin ich natürlich zu spät, viel zu spät. Vor der Etagentür suche ich nach dem Schlüssel. Ich werde ihn doch nicht im Büro liegen gelassen haben, schießt es mir kurz durch den Kopf. Nein, da ist er.

Evita hört laut Musik, ihre Musik, die die ich nicht mag und von der ich keine Ahnung habe, wie sie sagt. Sie ist in der Küche und backt, beziehungsweise hat gebacken und ist jetzt lustlos dabei die Küche aufzuräumen. Ich trete von hinten an sie heran und gebe ihr einen sanften Kuss in den Nacken. Eigentlich mag sie das, doch diesmal erschrickt sie, schaut mich kurz irritiert, fast ängstlich, dann aber vor allem ärgerlich an und dreht wortlos die Musik aus.

Die plötzliche Stille ist mit einer bitter unguten Spannung durchtränkt. Evita sagt nichts und ich sage auch nichts. Ihr Satz: „Ich kann ja meine Musik nicht hören, wenn du da bist", geht mir durch den Kopf. Sie sagt ihn nicht, aber ich bin mir sicher, dass sie ihn denkt. Sie dreht sich zur Spüle. Der Löffel, den sie sucht liegt noch auf dem Tisch hinter ihr, neben dem Brotbrett, etwas weiter links. Ich gebe ihn ihr. Sie greift hektisch nach dem Löffel und sucht dann auf dem Regal die blaue Tasse, findet sie aber nicht sofort.

Etwas mehr Mehl und noch etwas Zucker hätte sie in den Teig tun sollen, sagt sie. Ein Teelöffel Zucker wäre schon gut gewesen. Ich verstehe das nicht. Ich denke, dass sie eigentlich etwas ganz anderes meint. Sie meint immer etwas anderes, wenn sie so über rein praktische Dinge spricht. Und da kommt mir der Gedanke an das Blut, und es saust in meinen Ohren. Der Gedanke schießt aus dem Dunkel meiner verdrängten Erinnerung hervor, feine Schnitte überraschen mich, dünn in die Haut geritzte Angst. Ich dachte, dass es vorbei sei. Ich kann auch nicht sagen warum ich mir sicher war, dass ich mich nicht mehr davor fürchten müsste, aber ich war mir sehr sicher. Ich habe mich getäuscht. Der Gedanke ist wieder da, auch wenn ich nichts gesehen habe. Sie setzt die Schnitte meist an gut verdeckten Stellen. Man sieht sie nur, wenn man nah bei ihr steht und aus dem richtigen Winkel schaut.

Der Löffel auf dem Tisch, neben dem Brett an der Tischkante, der Löffel, den ich ihr gerade gegeben habe, der, nach dem sie so hektisch gegriffen hat, es ist ein alter Silberlöffel von ihrer Oma. Früher hatten wir mal mehrere davon, jetzt haben wir nur noch diesen einen, die anderen sind verloren gegangen. – Langsam müsste ich etwas sagen, in die Stille, in das Schweigen, denke ich. Aber ich weiß nicht was ich sagen soll. Meine Gedanken sind bei dem Löffel und der scharfen Kante, die er hat. Vorne links ist er scharf wie ein Messer geschliffen. Ich weiß nicht, wer auf die Idee gekommen ist das zu machen. Ich habe einmal danach gefragt, aber sie hat mich nur angebrüllt. Ich habe nicht einmal verstanden was sie gesagt hat.

Und so schweige ich auch jetzt, sage nichts, obwohl ich doch etwas sagen sollte. Und je länger ich nichts sage, desto höher wird die Mauer. Ich fürchte mich vor dem Schweigen, aber ich fürchte mich auch vor dem Sprechen. In mir ist kein Wort, das herauskommen könnte, das Schweigen zu brechen. Und da ich nicht weiß was ich will, tue ich nichts, auch wenn das genau das ist, was ich nicht will.

Es kann nicht mehr lange so weiter gehen, denke ich, wieder einmal und weil ich das schon so oft gedacht habe ist es fast eine Bestätigung dafür, dass es noch lange so weiter gehen wird. Wie halte ich das nur aus?

Domina

Mein Chef ist gut gelaunt, geradezu euphorisch. Die Serie war ein voller Erfolg, so richtig megamäßig hat das eingeschlagen, sagt er. Handwerklich gut gemachter Journalismus und ein Thema ganz am Puls der Zeit, das ist die Mischung aus der Erfolg entsteht! Ich finde, er redet wie ein Werbetexter, er arbeitet in letzter Zeit zu viel mit Agenturen zusammen, denke ich und hoffe, dass man das meinem Gesichtsausdruck nicht ansieht. Aber okay, man muss nicht alles an seinem Chef mögen. Ein bisschen Distanz ist ganz gut, egal wie lange man schon zusammenarbeitet. Er hat für den Markt einen Instinkt, der verdammt gut funktioniert. Wir haben die Auflage gesteigert, und das in dieser Marktsituation. Unglaublich ist da schon das richtige Wort.

Ich denke bereits an das nächste Projekt. Mir fehlt da noch jemand, der das machen kann. Ich werde wohl morgen oder übermorgen noch einmal nach Madrid müssen. Eigentlich habe ich keine Lust, in letzter Zeit strengt mich das Reisen viel zu viel an. Manchmal kann ich ganz gut schlafen, im Zug oder im Flugzeug, es reicht schon, wenn ich einfach einmal so kurz einnicke. Trotzdem sind das Reisen und die vielen Hotelübernachtungen eine Belastung.

Ich denke an Urlaub und die Pyrenäen. Ich hatte schon lange keinen Urlaub mehr. „Wir könnten ja mal eine Geschichte über den Ordesa-Nationalpark machen", sage ich am Rande einer Besprechung scherzhaft zu meinem Chef. Der lacht und meint knapp: „Machen wir." Das ist natürlich nicht ernst gemeint.

Zwei Wochen später ruft er mich an: „Hast du Lust auf ein Projekt für unsere neue Reiserubrik?"

„Nein", sage ich.

Das nein kommt schnell und bestimmt. Die ganze Tourismusberichterstattung, das sind doch alles nur reine Werbeartikel. Die werden von irgendwelchen Praktikanten in den Tourismusverbänden erstellt und in der Redaktion kürzt man vielleicht noch einmal einen Satz, oder tauscht ein paar Worte aus. Ich höre trotzdem zu, lasse mir das Projekt erklären. Eigentlich nur aus Höflichkeit, aber irgendwann hat er mich überzeugt. Wir machen einen Deal: Ich nehme mir zwei Monate für ein Buch über Manager, Einsamkeit und Berghütten. Ich habe das noch nie gemacht, alleine ein ganzes Buch schreiben. Und zwei Monate sind extrem wenig Zeit für so ein großes Projekt, aber ich glaube ich schaffe das. Die Herausforderung reizt mich. Das ist etwas Neues. Und ich habe alle Freiheiten. Wenn es nach zwei Monaten nicht fertig ist, lassen wir das Projekt fallen. Das ringe ich ihm ab. Er geht da ein ganz schönes Risiko ein. Aber für mich ist das okay.

Bevor wir das endgültige *go* für das Projekt bekommen, mache ich für die Geschäftsführung noch eine Projektskizze fertig. Das Buch kann elektronisch und print in kleinen Scheibchen veröffentlich werden. Ich toure damit durch die Talkshows, wir machen etwas im Netz und setzen für zwei oder drei Monate die Themen auf den Special-Interest-Seiten, wie das jetzt heißt. Das eigentliche Buch ist dabei schon fast nicht mehr so wichtig. Das Beste aber ist, das ich wirklich für die ganze Zeit eine Hütte in den Pyrenäen haben werde.

Ich spreche mit Evita und für sie ist das okay. „Wenn das für dich wichtig ist, dann mach das", sagt sie, und als sie merkt, dass mir das noch nicht reicht, fügt sie noch hinzu: „Das ist doch eine einmalige Chance, ein Buch hast du doch noch nie gemacht." Ganz überzeugt bin ich nicht, ob sie das wirklich so meint. Ist aber auch egal, denke ich. Es ist etwas neues, völlig anderes und es wird mir gut tun. Vielleicht tut es ja auch unserer Beziehung gut, denke ich, sage es aber nicht.

Die ersten zwei Wochen läuft es gut. Ich fühle mich wie im Urlaub, gleichzeitig kann ich arbeiten, und das Gefühl von Vergeblichkeit, dass ich im Urlaub oft habe, habe ich jetzt nicht. Gegen Ende des ersten Monats, merke ich, dass die andere Art des Arbeitens auch Auswirkungen auf mich hat, an die ich nicht gedacht habe. Ich bin jetzt praktisch wieder Single. Meine Phantasien verlangen nach Befriedigung. In den ersten Wochen haben die vielen neuen Eindrücke mein Verlangen zurückgedrängt. Jetzt ist es umso mächtiger wieder da. Die soziale Kontrolle fehlt. In der kleinen Hütte hier oben, kann ich machen was ich will. Niemand hört mich.

Ich fange wieder an es mir selbst zu machen, nicht nur mit der Hand. Es gibt die Peitsche, eine richtige Peitsche, ganz real. Sie steht in der Ecke, in dem kleinen Zimmer der Hütte, das ich scherzhaft mein Wohnzimmer nenne. Ich kann sie jetzt ja ganz offen da stehen lassen, muss sie nicht, wie ich es zuhause mache, verstecken. Es kommt ja niemand außer mir in diesen Raum. Und wenn ich von einem Spaziergang zurückkomme, dann steht sie da und erinnert mich daran, was heute Abend wieder fällig ist. Ich bin jetzt manchmal zwei oder drei Tage ununterbrochen in dieser erregten Stimmung. Ich komme gar nicht mehr aus dieser Vorstellungswelt heraus. Will es auch nicht.

Die Peitsche ist eine Reitgerte, genauer eine Springgerte. Sie hat neun Euro und fünfundneunzig Cent gekostet. Ich habe sie in einem Reitartikelgeschäft in Huesca gekauft. Nur wegen dieser Gerte bin ich die hundert Kilometer von Torla nach Huesca gefahren. Das hat mehr Sprit gekostet als die Reitgerte wert ist. Eigentlich wollte ich eine dünne schwarze Gerte haben, mit Lederklatsche. Aber die hatten sie nicht. Von den Springgerten hatten sie nur zwei Modelle, eines in braun-beige und eines in rot-beige. Der Griff war ziemlich lang und aus Hartgummi und der Stock war mit Kunststoffstreifen umwickelt. Dressurgerten hatten sie eine ganze Menge, auch in grellen Farben und mit Glitzereffekt. Aber ich wollte eine Springgerte, wegen der Klatsche.

Ich habe die braune gekauft. Die Frau die sie mir verkauft hat meinte: „Unsere haben die auch." Unsere waren wohl ihre Kinder, vielleicht auch ihre Enkelkinder. Ich habe die Gerte in die Hand genommen und etwas hin und her bewegt und gesagt: „Die schwingt gut." Die Frau meinte auch, dass die Gerte gut sei. Dann bin ich mit der Frau die Treppe hinunter und habe die Gerte bezahlt.

Seitdem steht die Gerte in der Ecke. Ich schaue sie an und denke an meine Phantasien. Abends reibe ich mich dann und mache es mir selbst. Manchmal gebe ich mir dabei einen Klaps mit der Gerte auf den nackten Po. Dann komme ich besonders schnell.

Einmal bin ich in den Wald gegangen. Nachts. Das ist völlig verrückt, nachts alleine im Gebirge, spazieren zu gehen. Ich hatte die Gerte dabei. Zunächst unter der Jacke und dann in der Hand. Ich bin durch den dunklen Wald gegangen und an den steilen Hängen entlang. Immer wieder hat sich der Mond hinter den Wolken versteckt. Man konnte fast gar nichts mehr sehen. Stockfinster war es. Schritt für Schritt habe ich mich durch die Dunkelheit getastet. Bei jedem Stein, an den ich gestoßen bin, habe ich mich erschrocken. Wenn die Angst in mir so groß wurde, dass ich nicht mehr weitergehen konnte, habe ich etwas auf den Po bekommen. Mein Arm holte weit aus und mit einem kräftigen Schwung landete die Gerte auf meinem Po. Einmal, zweimal dreimal. Ich wusste nicht wohin in gehen wollte, aber ich bin immer weiter gegangen. Ich war müde, aber ich ging weiter.

Dann mündete der kleine Weg in einen größeren. Links ging es ein ganzes Stück weiter hoch, rechts ging es nach unten in eine Schlucht. Ich habe mein Unterhemd ausgezogen und an die Wegeinmündung gelegt. Ein Zeichen für den Rückweg. Dann bin ich den Berg hoch gegangen. Als der Weg nicht mehr so steil war, war da ein kleiner Rastplatz, mit einigen Steinen, zum Sitzen. Hinter dem Rastplatz stand ein Baum der alleine stand. Ich habe mich ganz ausgezogen und vor den Baum gestellt. Ich habe um Schläge gebeten. Laut habe ich gesagt, dass ich Schläge brauche, das ich darum bitte bestraft zu werden. Ich habe gewartet und es immer wieder gesagt. Ich habe den Baum um Schläge gebeten.

Als ich aus dem Wald zurück kam, hatte ich einen blauen Po. Ich habe auch auf dem Rückweg noch Schläge bekommen, beim Gehen im Wald. Viele Schläge, kräftige Schläge. Immer wieder habe ich die Gerte auf meinen Po sausen lassen. Wie im Rausch. Es gab keine Bremse mehr. Mein Po war noch tagelang blitzeblau.

Das habe ich nur einmal gemacht. Jetzt steht die Gerte in der Wohnzimmerecke. Meist liegt sie im Wandschrank neben dem Ofen. An einigen Tagen hole ich nachts die Gerte und lege sie in der Schlafkammer neben mein Bett. Dann gibt es vor dem Einschlafen einige Schläge und dann komme ich. Nur manchmal sieht man am nächsten Morgen auf dem Po einige Spuren. Manchmal spüre ich die Gerte auch noch ganz leicht wenn ich draußen vor der Hütte auf der Bank sitze und am Laptop den Text für das Buch schreibe. Aber das ist sehr selten. Trotzdem glaube ich nicht, dass ich es unter Kontrolle habe.

Nichts getan

Das Buch ist dann nicht der Erfolg geworden, den wir uns davon erhofft hatten. Vielleicht waren die zwei Monate doch einfach zu kurz. Vielleicht war es auch nicht das richtige Thema für mich. Es kann aber auch sein, dass wir einfach zu große Erwartungen hatten. Ganz ohne Probleme haben wir innerhalb von zwei Monaten die recht hohe Startauflage komplett verkauft. Eigentlich ein Erfolg. Und durch den Verkauf haben wir die Kosten des gesamten Projekts gut wieder hereinbekommen. Der Teil der Kalkulation ist aufgegangen. Da könnte man eigentlich zufrieden sein. Aber wir sind es nicht. Das ist nicht das Niveau auf dem wir einsteigen wollten. Es ging uns nicht einfach um den Verkauf eines Buches. Es sollte ein ganz neues Konzept der Vernetzung und kommerziellen Auswertung von Inhalten werden. In diesem Bereich ist unser Plan nicht aufgegangen. Wir werden das so nicht noch einmal machen. Das Konzept funktioniert nicht. Die Verwertung in den anderen Medien, das vernetzte Publizieren, das Themensetzen, das alles lief einfach nicht. Wir haben das Buch nur in zwei Talkshows platzieren können. Sonst gar nichts.

Ich bin beide male selbst hingegangen. Das war ein Fehler. Ich fühle mich in diesen Studios einfach nicht wohl. Das Licht ist zu grell, dann die Schminke auf dem Gesicht, auch wenn es angeblich nur ein bisschen Puder ist, das macht mich nervös. Und dann war es für mich auch ein Problem so locker mit diesem vor Oberflächlichkeit strotzenden Moderator zu sprechen. Er hat, schon ganz am Anfang, von den Spaziergängen gesprochen, und mich nach der Wirkung der Einsamkeit in den Pyrenäen gefragt. Eigentlich war seine Frage völlig harmlos. Aber bei mir löste sie Beklemmung aus. Für einen kurzen Augenblick kam mir das Bild von dem nächtlichen Spaziergang mit der Peitsche hoch. Ich musste es mit aller Kraft unterdrücken, damit es mich nicht vor laufenden Kameras überwältigte. Das war das erste Mal, dass die Welt meines Verlangens so drohend in die Welt meiner beruflichen Existenz hereinbrach. Es war nur für einen ganz kurzen Augenblick. Aber ich hätte es um ein Haar nicht mehr im Griff gehabt. Der Schweiß auf meiner Stirn war nicht von den Scheinwerfern.

Ich muss da etwas tun. Das kann ich nicht mehr lange durchhalten. Das ist mir klar. Schon als ich mit dem fertigen Manuskript aus den Pyrenäen zurück war, war mir klar, dass ich Glück gehabt habe, dass mir nichts wirklich Schlimmes passiert ist und dass ich unbedingt etwas für mich tun muss. Das war eine Grenzüberschreitung, das war nicht mehr normal, nachts alleine durch das Gebirge gehen und sich mit einer Peitsche schlagen, wie wild auf sich einzuprügeln, solange bis man einen mit Hämatomen übersäten Po hat. Aber ich habe nichts getan. Habe nicht nach einem Therapeuten geschaut, immer noch nicht, habe mir nicht jemanden gesucht, der mich berät, der mir hilft. Das wollte ich doch. Warum bin ich nicht tätig geworden? Hat die rote Lampe nicht hell genug geleuchtet?

Nachts wache ich drei oder viermal auf. Ich bin geil, mein Schwanz steht steif. Ich weiß, dass ein Mann nachts bis zu sechs Erektionen hat, ganz normal. Aber ich wache vor Geilheit auf. Ich reibe mich. Mein linker Arm tut mir schon weh, ich onanier immer mit links, mit rechts kann ich es nicht. Ich stelle mir vor, dass ich von ihrer Mutter den Po versohlt bekomme. Ich bekomme eine Ohrfeige, ein paar Schläge in den Nacken und dann wird mir die Hose ausgezogen. Ihre Mutter zieht mich nackt aus. Sie zieht mir die Ohren lang, zerrt mich an den Ohren ins Schlafzimmer. Und weil ich so störrisch bin, gibt es gleich noch ein paar kräftige Ohrfeigen dazu. Die sitzen. Meine Backen brennen fürchterlich.

Sie setzt sich auf die Bettkante und legt mich übers Knie. Dann versohlt sie mir mit der flachen Hand den Po. Sie schlägt lange und feste. Sie hat eine gute Handschrift. Sie versteht es einen Po zu versohlen. Schon bald kann ich nicht mehr still liegen. Ich versuche ihr zu entwischen. Aber sie hält mich fest und schlägt weiter. Mein Po glüht feuerrot. Ich schreie, Tränen fließen. Aber es hilft mir nichts.

Wenn sie fertig ist, komme ich in die Ecke. Ich steht mucksmäuschenstill. Mein Po ist feuerrot, mein Schwanz ist steif. Ich bin so fürchterlich erregt.

Sie holt den Lederriemen aus dem Schrank, legt ihn auf das Bett. Dann ruft sie meine Frau. Sie soll mich anschauen, wie ich da versohlt in der Ecke stehe.

„Schau ihn dir an, seinen Po", sagt sie zu meiner Frau, „so braucht er das." Und zu mir sagt sie: „Dreh dich um." Ich gehorche.

„Na, siehst du, wie steif er werden kann", sagt ihre Mutter, nimmt den Lederriemen und gibt mir einen Hieb auf den Steifen. Dann bekommt meine Frau den Riemen auf den Po. Zack, zack, zack. Ihr Rock sitzt stramm.

„So, dann mal das Höschen aus", kommandiert ihre Mutter.

Und meine Frau gehorcht. Sie packt sich unter den engen Rock und zieht sich den Slip aus. Ich sehe ihre Schenkel und die schöne Stelle zwischen ihren Beinen. Sie nimmt das kleine schwarze Höschen und hängt es mir über den steifen Schwanz, direkt hinter die Eichel.

Ich muss weiter still stehen, die Hände hinter dem Nacken verschränkt. Immer wenn der Schwanz etwas nach unten geht und das Höschen herunterzufallen droht, gibt es einen Hieb mit dem Lederriemen. Das zieht fürchterlich. Ich hüpfe hin und her und das Höschen fällt herunter. Dann bekomme ich noch mehr Hiebe. Du sollst doch still stehen, heißt es dann. Strafe muss sein.

Ich bin so fürchterlich geil. Ihre Mutter packt mich an den Schultern und führt mich zum Bett. Meine Frau liegt über der Bettkante. Der Rock ist hoch geschoben. Der Po ist nackt. Die Fotze glänzt feucht. Ihre Mutter kommandiert mich. Ich muss ficken. Ab in das Fötzchen mit dem Schwanz. Jetzt gibt es keine Ausreden mehr. Ich kann mich nicht wehren. Ich muss in meine Frau eindringen. Ihre Mutter hat eine Reitgerte in der Hand. So eine lange dünne Reitgerte mit einer kleinen Lederklatsche an der Spitze. Wenn ich nicht spure, gibt es einen wohl dosierten Klaps auf den Po. Das hat eine erstaunliche Wirkung. Sie hat mich völlig unter Kontrolle. Ich bin steif, schaue auf meine über der Bettkante liegende Frau. Ich muss ihr auf den Po packen. Ihre Pobacken auseinander schieben.

„Du magst es doch, ihr etwas auf den Po zu geben", sagt ihre Mutter, „los, schlag sie, gib ihr einen Klaps."

Ich spüre den brennenden Hieb der Gerte. Ich muss gehorchen. Und dann schlage ich meine Frau. In Anwesenheit ihrer Mutter gebe ich ihr einen Klaps mit der Hand auf den Nackten.

„Los, nicht so zögerlich", sagt ihre Mutter, „es macht dich doch geil sie zu schlagen."

128

Ich schäme mich. Es ist fürchterlich. Ich will nicht. Aber es erregt mich wirklich und damit ich erst gar nicht auf den Gedanken komme zu leugnen oder mich zu zieren, bekomme ich eine gute Portion mit der Gerte. Das wirkt. Ich gehorche und es macht mich immer noch mehr geil. Es macht mich geil durch die Schläge mit der Gerte zum Gehorchen gebracht zu werden und es macht mich geil Klapse auf den Po meiner Frau zu geben. Der Po meiner Frau wird rot. Mein Schwanz ist so steif wie noch nie. Ich habe Angst, dass er gleich platzt. Ich muss in ihre Fotze, ohne Kondom, ohne Pille, ohne Spirale. Keine Verhütung! Ihre Mutter wird streng. Jetzt ist Schluss. Es gibt Kinder, eine ganz normale Familie, sagt ihre Mutter. Ich drehe den Kopf nach hinten. Entsetzt schaue ich sie an. Aber sie meint es ernst.

„Loss, mach schon", sagt sie und damit ich wieder nach vorne schaue, gibt es ein paar in den Nacken. Jetzt ist Schluss mit den Fisimatenten. Sie passt auf, dass ich auch schön abspritze wenn ich in meiner Frau komme. Sechs, siebenmal muss ich es so machen. Dann wird meine Frau von ihr abgeschlossen. Sie bekommt einen Keuschheitsgürtel angelegt. Klack macht das Schloss und meine Frau ist zu. Ein fast handbreiter Streifen glänzenden Edelstahls verschließt das Lustloch. Ab jetzt bestimmt ihre Mutter wann wir es machen. Sie hat den Schlüssel.

Ich komme nun jedes Wochenende zu ihrer Mutter. Schon an der Tür gibt es Ohrfeigen, und dann, vor dem Verkehr, nackt im Schlafzimmer den Po voll. Das wird solange gemacht, bis meine Frau einen runden Bauch hat. Und damit ich mir keine Illusionen über das mache, was danach kommt, werde ich, nackt wie ich nach der Erziehungsmaßnahme bin, mit meinem glühend roten Popo in einen dünnen weißen Haushaltskittel gepackt. Ein Perlon Kittel und ich muss putzen. Die Wohnung saugen, die

Küche machen, den Boden wischen, und wenn es nicht schnell genug geht, gibt es Schläge. Die Gerte hängt immer da. Griffbereit.

Ich springe in meiner Phantasie. An der Tür schellt es, die Nachbarin, eine ältere rumänische Frau. Sie sprechen Rumänisch und sie kommt in die Küche. Und ich stehe da und spüle. Ich weiß, dass man durch den dünnen Kittel meinen glühend roten Po sieht und das Ohrfeigengesicht sieht man sowieso. Und sie sprechen immer noch Rumänisch und sie sprechen bestimmt über mich.

Irgendwann im Gewühle dieser schematisch leblosen Phantasien komme ich, ich spritze ab. Ich habe ein altes Unterhemd aus Baumwolle in der Hand, oder auch eines von den älteren T-Shirts. Es soll schließlich nichts in die Schlafanzughose kommen. Wie sollte ich das Evita erklären. Meist habe ich einen trockenen Mund vom schnellen Atmen und dann drehe ich mich auf die andere Seite und schlafe weiter, bis sich beim nächsten Aufwachen dasselbe hektisch wiederholt.

Das geht so nicht weiter. Ich muss etwas tun. Immer wieder denke ich das. Aber wahrscheinlich wichse ich heute Abende, wenn meine Frau nicht da ist, wieder mit denselben Phantasien und wenn ich Pech habe, gebe ich mir noch etwas mit der Reitgerte aus Huesca auf den Po.

„Ist das nicht traurig?" höre ich Evita fragen. Sie hat mir irgendetwas erzählt. Ich habe nicht zugehört und weiß nicht was sie meint, aber ich sage: „Ja, sehr traurig."

Rock und Bluse

Wir liegen im Bett. Es hat wieder einmal nicht geklappt. Und sie meint, dass ich vielleicht doch schwul bin und ich mir das nur nicht eingestehen will. Das ist natürlich Quatsch. Und deshalb versuche ich ihr meine Phantasien zu erklären. Sie kennt sie ja und sie soll doch endlich verstehen, wie es in mir aussieht, wenn ich geil werde. Es ist doch klar, dass mein Versagen davon kommt, dass ich eben etwas anderes brauche als den sogenannten normalen Sex. Ich taste mich vorsichtig an das Thema heran. Diesmal würgt sie mich nicht mit ihrer Verachtung ab. Sie hört zu. Sie will wissen wie das entstanden ist. Da war doch sicherlich etwas in der Kindheit, meint sie, und da war ja auch was.

Jetzt spielt sie die Versteherin. Und ich lasse mich darauf ein. Öffne mich. Ich erzähle ihr von den Kindergeburtstagen und den Gesprächen der Mütter über Erziehung und darüber, wie sie ihre Kinder bestrafen. Erzähle vom roten Kochlöffel in der Küchenschublade von Carlas Mutter und von der schwarzen Reitpeitsche, die die Nadia von ihrer Mutter, der Frau Rubalcaba auf den Nackten bekommt, wenn sie nicht spurt. Und dann erzähle ich vom dem Teppichklopfer den meine Mutter gekauft hat, für den Teppich, nicht für mich, nicht für meinen Po, natürlich, denn bei uns gab es ja keine Schläge. Aber auf dem Markt beim Apfelsinenkauf, beim Gespräch mit der

Marktfrau, ging es dann darum und die Marktfrau meinte, dass ich es mit dem Klöpper bekommen würde, dass er für mich sei, und meine Mutter sagte nur: „Der ist auch so artig, für den brauche ich den Klöpper nicht." Ich habe mich geschämt. Und eigentlich wollte ich es kriegen. Alle kriegten es doch.

Sie findet es eklig, dass sich die Mütter darüber unterhalten, wie sie ihre Kinder schlagen, ob auf den Nackten oder auf die strammgezogene Hose, ob mit dem Handfeger oder mit dem Kochlöffel.

Und dann die Szene im Hof, im Sandkasten, mit dem offenen Fenster im dritten Stock aus dem man das Geschrei des versohlten Kindes hört. „Da setzt es wieder einmal etwas", hat der Juan gesagt, der große Junge von der Familie unter dem Dach. Und dann das Schweigen. Und darin das Schreien des geschlagenen Kindes. Und mein Blick geht in die Gesichter die mir sagen, dass sie wissen wie es ist, und ich senke den Blick wie sie, aber ich weiß es nicht.

Bei Polsino gab es den Hinternvoll mit dem Tischtennisschläger, auf den Nackten. Der Vater arbeitete auf dem Bau. Der konnte feste schlagen. So wurde das gesagt.

„Was erregt dich am Poversohlen?", will sie wissen, „dass man da nackt ausgezogen wird?"

Nein, ich habe ja von meinen Eltern nie den Hintern versohlt bekommen, sage ich. Und dann will sie wissen wann ich zum ersten Mal in ein Mädchen verliebt war und wann ich den ersten Kontakt mit einem Mädchen gehabt habe. Und ich erzähle.

Und dann will sie wissen, wie das mit dem ersten Sex war. Und das war Mariola.

„Das war doch die, die spitz gekriegt hat was mit dir los ist", meint sie.

„Ja", sage ich und mein Mund wird trocken.

Und dann erzähle ich von dieser Mariola, von der ich ihr schon einmal erzählt haben, von der ich erzählt habe, dass sie mein Verlangen herausgefunden habe, und Mariola-Zwei wird immer wirklicher. Ich erzähle von der Peitsche und dem Stock und dem blauen Po, den ich bekommen habe. Und ich bin sehr erregt.

Und sie will wissen, was Mariola angehabt hat, wenn sie es mit mir gemacht hat.

Und ich denke an den schwarzen Gummirock, den ich vor einigen Jahren gekauft habe, der jetzt im Keller hängt, in der alten Kleidertasche und sage, dass sie einen Latexrock, einen schwarzen Glockenrock, getragen hat, wenn sie mich übers Knie gelegt hat.

„Und oben?", will sie wissen.

„Eine Bluse aus demselben Material", sage ich.

„Das volle Programm also", sagt meine Frau. Ich nicke, und ich stelle es mir so deutlich vor, dass es mich übermächtig überkommt.

Nach dem Po
ins Gesicht

Nach den Schlägen auf den Po, gab es die Schläge ins Gesicht. Eigentlich war das früher immer umgekehrt. Erst gab es ein paar Ohrfeigen, es „klatschte" wie es hieß, ganz bewusst die passivische Konstruktion, obwohl doch derjenige der sagte „gleich klatscht es" derjenige war, der es machte. Und dann erst kam die Hose runter und es gab es auf den nackten Popo.

„Er will auf den Popo gehauen werden. Er ist es, der eine Therapie braucht."

Sie steht im Flur, hysterisch. Sie hat den hellblauen Schlafanzug an. Mit den nackten Füßen steht sie auf den kalten Fliesen des Flurs. Neben ihr die Sanitäterin, die mit ihr gesprochen hat, alleine, im Schlafzimmer. Mit mir spricht der Sanitäter, in der Küche. Sie haben uns getrennt. Damit der eine unabhängig vom anderen erzählt was war.

Ich habe den Notarzt gerufen. Wir lagen im Bett und wir haben darüber gesprochen, dass es nicht klappt mit uns und dass wir nicht zusammen passen. Sie hat immer schneller geatmet. Irgendwann konnte sie ihre Hände nicht mehr bewegen. Ich habe so etwas noch nie erlebt. Ich habe in meiner Angst den Notruf gewählt. Und jetzt bin ich in der Rolle des Täters.

Ich sitzt da im Schlafanzug in der Küche in der die Zeit stehengeblieben ist und schaue vor mich hin und sag nichts.

„Er ist ein perfekter Schauspieler, er hat sich voll im Griff", sagt sie und schaut kurz auf mich. Immer noch hysterisch und die Sanitäterin hilf ihr einige Sachen zu packen. Sie fahren mit ihr ins Krankenhaus. Sicherheitshalber einmal alles durchchecken.

Mit mir hat der Sanitäter gesprochen. Ich konnte gar nicht viel sagen, war ganz unter dem Schock. Er meinte man müsse einer Frau auch etwas bieten. Er selber habe sich von seiner langjährigen Lebensgefährtin getrennt, weil es sexuell nicht mit ihnen geklappt habe. Er redet und redet. Nur ein Satzteil ist mir im Kopf geblieben, auch noch viele Tage später ist er immer und immer wieder durch meinen Kopf gerauscht: „... wenn man spezielle sexuelle Wünsche hat." Für ihn ist das Verlangen in mir, das für Evita eine Krankheit ist, und von dem ich denke, dass es mir eine Beziehung zu einer Frau unmöglich macht, einfach nur ein spezieller sexueller Wunsch. So einfach kann man das sehen. Es ist aber nicht so einfach.

Ich fahre durch die Stadt, ohne Ziel, ganz in Gedanken. Manchmal weckt mich erst ein lautes Hupen aus meiner Lethargie und ich sehe, dass ich gerade eine Einfahrt blockiere oder die Ampel schon lange grün ist. In mir nagt sich der Gedanke fest, dass ich genauso krank, schwach und hilfsbedürftig bin wie sie. Sie ist ein Teil von mir. Ich schaffe es nicht einmal mich von ihr zu trennen.

In der letzten Nacht habe ich ihr versprochen nicht mehr von meinen Popoproblem, wie sie es nennt, zu sprechen. Es ekelt sie an. Sie will den lieben Mauricio, den, den sie kennt.

Wieder die Faust
vor die Stirn

Da ist sie wieder, die Faust die vor die Stirn schlägt. Ihre Faust, nein, nicht die Faust, sondern der Handballen, direkt hinter dem Handgelenk, die Finger gekrallt auf die Stirn hin, aber es ist der Handballen der vor die Stirn schlägt.

„Ihr seid alle krank", stößt sie hervor.

„Wer ist ihr?", frage ich zurück, vorsichtig. Ich traue mich gar nicht wirklich zu fragen, doch ich kann doch nicht einfach nichts sagen.

„Ihr Spanier", bellt sie zurück und dann: „Spiel. Du nennst das immer Spiel, das ist doch krank."

Ich sage nichts mehr.

Die Nachbarin war im Flur. Wir kamen gerade mit unseren Fahrrädern. Die Nachbarin kann nicht verstehen, dass wir Fahrrad fahren. Das ist doch kein Fortbewegungsmittel, so für jeden Tag. Und die Fahrräder haben im Flur nichts zu suchen. Sie mag das nicht. Und ich meinte zu ihr, wenn ich später mit meinem Rollator käme, ginge das ja auch. Und die Nachbarin keifte, und zeterte etwas vom Eigentümer, der sich das auch nicht bieten lassen würde und wir würden schon sehen.

Ich mag die Nachbarin nicht. Ein altes, gehässiges Tratschweib. Aber das gehört eben dazu, zum Leben Es gibt auch solche Menschen. Man muss das nicht alles an sich heran lassen. Das ist wie im Tierreich. Da wird laut geschrien, aber nicht sofort gebissen. Ich finde man muss damit zurechtkommen. Sonst ist man ja gar nicht überlebensfähig. Evita wirft soetwas sofort aus der Bahn.

Ich hole noch einmal Luft, setze an es ihr zu erklären. Aber es funktioniert nicht. Sie kann es einfach nicht verstehen. Es macht ihr Angst. Das ist fürchterlich.

Kreis

Es dreht sich alles im Kreis. Wir sprechen immer über dasselbe, über dieselben Dinge, sagt meine Frau. Und es bringt nichts und sie hat Recht. Wir liegen im Bett, in einem guten Hotel, in einem kleinen Städtchen an der Loire. Eine sehr mittelalterliche Burg, eigentlich viel früher schon gebaut, aber im Mittelalter noch einmal stark umgebaut. Wir sind am Tag vorher angereist. Wir mussten einfach einmal raus aus Spanien. Ein kurzer Flug und dann noch ein kleines Stück mit dem Zug. Ich mag die Züge in Frankreich.

Im Zug hat sie gemerkt, dass sie ihre Handtasche vergessen hat. Sie hat einen hysterischen Anfall bekommen, im Zug. Sie hat auf sich geschimpft und geschriene, dass sie zu dumm ist für diese Welt und das sie alles falsch macht und das sie total abhängig ist von mir und ihrer Mutter und das sie eigentlich am besten tot sein sollte und dann ist sie mit der spitzt ausgestreckten Hand über ihren Hals gefahren und sie hat sich auf die Unterarme geschlagen. Mit der Handkante hart auf die Speiche, oft und dann auch auf die Handrücken. Die Haut ist geschwollen und sie hatte Kratzer an der Schulter und am Hals. Ich weiß nicht, wie lange sie da so gebrüllt und geschrien hat, mitten im Zug. Wir waren in einem Großraumwagen, einer dieser doppelstöckigen Regionalzüge, die Wände mit Graffiti verschmiert und die Fenster zerkratzt. Und ich habe gesagte „Hör auf Evita." Und ich glaube es hat verzagt geklungen und ich habe mich, als sie endlich saß, neben sie gesetzt und einfach nur da gesessen, eingefallen wie ein ermüdeter Wanderer. Seine letzte Ration hat er gegessen, er weiß den Weg nicht mehr und er kann auch nicht mehr gehen und er setzt sich auf den nächsten Stein und bei jeder Windböe, die da kommt, zuckt er zusammen, zuckt noch einmal auf und wartet das da jemand kommt des Weges, der vielleicht noch eine Brotkrume hat und ihm wieder Kraft gibt und der weiß wo der Weg ist. Und ich habe einfach versucht ruhig zu sein. Nur ganz am Anfang ihrer Schreiorgie, da ist ganz kurz einmal der Gedanke gekommen, ihr etwas auf den Po zu geben, sie übers Knie zu legen und auszuhauen. Aber es ist nur ganz kurz gewesen und war noch lange nicht in dem Raum in dem es auch nur ansatzweise zu einer Umsetzung in konkretes Handeln hätte führen können. Es war eigentlich nur ein Gedanke in Erinnerung an das erste Mal, wo ich sie so erlebt habe und wo sie sich auf den Kopf geschlagen hat. Im Laufe des Tages habe ich dann noch ein paarmal gedacht, dass es ihr vielleicht gut tun würde einmal den Po versohlt zu bekommen, und das sie es sich selber gibt, weil sie es braucht, weil sie es einfach gewohnt ist von der strengen Erziehung die sie durch ihre Mutter bekommen hat und das es sich so lange aufstaut, bis ihr schlechtes Gewissen sie selber bestraft. Und dann ist sie erschrocken.

Und mit dem Gedanken, dass sie dann nach dem Anfall erschrocken da sitzt, sind meine Gedanken wieder in der Gegenwart, bei dem was ich sehe, denn sie sitzt da und schaut auf den Rücken ihrer Hände und auf die Verfärbungen und sie schaut auf die Arme und die Schwellungen und die Hämatome und fragt, ob das wieder weggeht und ich beruhige sie und sage, dass das ganz normale blaue Flecken sind und dass sie heilen so wie jede andere

Verletzung auch und dass es nur etwas dauert. Und in dem Moment wo ich das sage, frage ich mich, ob es richtig ist, das so zu verharmlosen und ich denke an die Psychiatrie und an die Torfhalle und die Peitsche und da sind sie dann wieder meine Phantasien, aber diesmal sind sie ganz hinten und eigentlich denke ich nur wie es ihr besser gehen könnte und auch dieser Gedanke ist noch weit hinter dem Gedanken einfach nur zu überleben, diese Situation durchzustehen ohne dass mich einer ihrer gegen sich selbst gerichteten Schläge trifft oder ihre krampfende Hand sich in das Fleisch meines Armes krallt.

Am Abend im Hotel, nach der Sauna ist sie dann fast entspannt. Vor der Sauna war es noch ein großes Theater, weil ich ihr nicht gesagt habe, dass sie einen Badeanzug mitnehmen sollte. Ihr Bikini lag doch auf dem Bett. „Warum hast du ihn nicht mitgenommen?" Es kling vorwurfvoll. „Er lag auf dem Bett, aber die Bettdecke war darüber", verteidige ich mich. Ich hätte ihn ja mitgenommen wenn ich ihn gesehen hätte, aber das sage ich ihr gar nicht mehr, weil ich nicht noch weiteren Streit will. Und eigentlich, streng genommen, hätte ich ihr einfach sagen können, das ich ihr schon, als ich das Hotel ausgesucht habe, gesagt habe, dass wir ein Hotel haben mit Sauna und Schwimmbad und sie ist doch kein kleines Kind, dass ich ihr dann sagen muss, dass wenn sie das Schwimmbad nutzen will, sie einen Bikini oder Badeanzug braucht.

Stattdessen rufe ich bei der Rezeption an und frage ob man Schwimmzeug leihen kann. Ich bemühe mich immer, wenn ich in Frankreich bin, möglichst ohne Atzen zu sprechen. Das ist natürlich Blödsinn. Man hört immer mein Spanisch heraus und wahrscheinlich wirkt es sogar affig, wie ich Französisch spreche. Und auf meine Frage nach dem Schwimmzeug kommt es langsam und deutlich, so wie man mit Ausländern spricht, zurück: „Wir verleihen keine Wäsche für den Intimbereich." Das Wort „Intim" in Verbindung mit „Wäsche" lässt mich an Reizwäsche denken und ich finde das einfach unpassend, obwohl der Herr von der Rezeption wahrscheinlich mit der Wortwahl den gegenteiligen Effekt beabsichtigt hat.

Die Sauna hat Evita gut getan. Sie ist entspannt und reflektiert: „Ich bin einfach so unter Stress, das sich die Spannung dann gegen mich selber richtet." Ich beschließe, an einen guten Weitergang zu glauben und der nächste Tag wir richtig schön. Die Loire ist wundervoll.

Zwei Tage später wieder zuhause. Ich war noch für einen Tag in Córdoba auf einer Sitzung. Seit über einer Woche habe ich es mir nicht mehr gemacht. Ich bin nervös. In einer halben Stunde, wo Evita außerhaus ist, gehe ich in den Keller, hohle den dort versteckten Rohrstock und die Reitgerte von Mariola-Zwei heraus und gebe mir etwas auf den Po. Gar nicht feste aber wohldosiert, so dass ich in Erregung komme. Ich brauche das. Aber ich glaube ich werde das nicht mehr von Evita erwarten. Denke ich und während ich das denke befürchte ich, dass ich es doch tun werde. Es ist so mächtig in mir, das Verlangen. Ich werde es nicht ewig unterdrücken können.

An nächsten Morgen erzählt sie mir, dass sie von einem schwarzen Panther geträumt hat. Ich beziehe das natürlich auf mich. Ein schwarzer Panther wollte in ihre Wohnung. Aber sie wollte ihn nicht hineinlassen und sie hat mit ihrem Vater und ihrer Mutter die Tür zu gehalten, aber es ging gar nicht so einfach. Wenn ich sie richtig verstanden habe, war der ganze Traum eigentlich dieses Zuhalten der Tür.

Und anstatt sie zu fragen, ob sie es denn geschafft haben, die Tür zuzuhalten, frage ich sie, warum sie denn den schwarzen Panther nicht hineinlassen wollte. Sie schaut

mich an und antwortet ganz mit der kindlichen Ernsthaf-
tigkeit die sie manchmal hat: „Der ist doch gefährlich."

Ja ist er, denke ich. Aber irgendwann werde ich ihn
hereinlassen, oder heraus aus dem Käfig in den ich ihn
gesperrt habe.

Lüge

Wir entfremden uns immer mehr. Sie geht heute Abend zu ihrem Vater und sie weiß nicht wann sie wiederkommt. Es kann spät werden, sagt sie.

Okay denke ich. Vater? Auf jeden Fall wird es spät und es ist Freitagnacht. Ich rufe sie gleich besser nicht bei ihrem Vater an um ihr gute Nacht zu sagen.

Transkription

Ich kann nicht schlafen. Ich weiß, dass es dann nicht gut ist aufzustehen, das Licht anzumachen und etwas zu tun. Man wird davon nur noch mehr wach und eigentlich ist es viel besser einfach im Bett liegen zu bleiben. Dann bekommt der Körper wenigstens die Entspannung, die er braucht, auch wenn es im Kopf noch so martert. Aber ich bin nicht klug. Ich stehe auf, gehe ins Arbeitszimmer und krame auf meinem Schreibtisch. Ich finde eine blaue Mappe. Sie liegt unter einem Stapel von Papieren, die ich schon längst hätte durchschauen wollen. Auf dem Deckel steht „dreamworks". Ich beginne zu lesen:

Der Tot hatte zwei Häuflein gemacht, einen für die guten Tage und einen für die schlechten. Sie waren unterschiedlich groß. Ich konnte nicht sehen welcher Haufen der mit den guten Tagen und welcher der mit den schlechten Tagen war. Der Tot sprach mit irgendjemandem den ich nicht sehen konnte. Ich hatte den Eindruck, dass er irgendetwas mit ihm aushandelte. Es war offensichtlich eine heftige Auseinandersetzung. Dann sah ich, dass ich es war, der mit dem Tot stritt. Ich saß auf einem kleinen Schemel, dem Tot gegenüber. Er war über die beiden Häuflein gebeugt und ich sprach. Ich konnte aber nicht verstehen was ich sprach. Nach einer Weile begann der Tot mit einem Ysop-Zweig in den beiden Häuflein herumzustochern. Und als es ihm nicht gelang, einen der Tage aufzuspießen und mir unter die Nase zu halten, da wurde er ärgerlich und wirbelte die beiden Häuflein in seinem Zorn durcheinander.

Es klang wie Scherben aus Glas oder Porzellan, die aneinander schlagen und irgendwann merkte ich, dass mein Mund trocken war, vom Schreien. Ich lag auf dem Boden.

Ich wollte aufstehen, konnte es aber nicht, ich konnte meinen Körper nicht bewegen. Der Tot beugte sich über mich, er schaute in meine Pupillen hinein und machte sich an meinen Füßen zu schaffen. Es zog etwas, das aussah wie ein sehr langer Nagel, aus meinem Fuß, dabei schüttelte er unentwegt den Kopf. Dann band er mir mit einem roten Bindfaden einen kleinen Zettel an den großen Zeh. Jetzt schien alles in Ordnung.

Ich konnte mich immer noch nicht bewegen. Der Tot war wieder damit beschäftigt die Tage zu sortieren.

Ich schaute auf den Ysop-Zweig. Er war zu weit weg. Selbst wenn ich mich hätte bewegen können, hätte ich ihn nicht erreichen können. Eine Krankenschwester kam zu mir und sprühte mir Wasser in den trockenen Mund. Ich musste husten.

Ein Sprung. Eine ganz andere Stimmung.

„Mach den Mund auf", brüllte der Pfleger. Immer wieder brüllte er diesen Satz. Ich hörte wie Wasser auf den Boden klatschte, nicht viel, aber wohl ein gutes Glas voll.

Metall stieß auf Metall, das Bettgitter glitt unsanft nach unten und versetzte mir einen leichten Stoß. Ich schloss die Augen und machte den Mund weit auf. Das Wasser floss in meinen Rachen.

Dann war ich auf dem Grund des Ebro. Das Wasser war abgeflossen. Ein feiner grauer Schlamm lag aufgetrocknet auf dem Kiesgrund. Es gab viele Muscheln und an einigen Stellen noch etwas brackiges Wasser. Einige Meter neben mir fuhr ein Schiff durch eine tief gezogene Rinne. Ich nahm ei-

nen Stein und warf ihn nach dem Schiff. Nach einer Weile war das Schiff nicht mehr da.

Ich lege die Zettel beiseite. Es ist meine Schrift, aber ich erinnere mich nicht, ob es mein Traum oder ein Traum von Evita ist. Ich mache den Computer an und tippe den Text in eine Datei.

Fast vergessen

Es ist Sonntag. Wir sitzen in der Küche. Ein Wäscheständer steht mitten im Raum und sie hat den Tisch einfach nach hinten geschoben, damit Platz ist. Sie muss die Wäsche ja in der Wohnung trocknen, der Hygiene wegen.

Ich sitze auf dem alten Holzstuhl ohne Polster und sie auf meinem Schoß. Ich streichle über ihren Rücken und denk daran wie meine Mutter mich so gestreichelt hat. Ich habe dich sehr lieb, und ich möchte das nicht vergessen, denke ich.

Wir sitzen lange so. Es könnte immer so sein, wünsche ich mir, aber es wird nicht immer so sein, jetzt schon ist es nicht mehr so. Ist nur noch Erinnerung aber ich will sie halten.

Ich liebe sie, trotz allem was nicht klappt was nicht funktioniert und was so da ist, dass es nicht geht.

Wir waren essen am Tag zuvor. Luxusessen und es war schön und es war schwer. Sie hat so oft so lange nichts gesagt. Eigentlich weiß ich gar nicht über was wir reden sollen. Und es passt einfach nicht. Sie so lethargisch und ohne Antrieb, sich von einem Tag zum nächsten schleppend, und ich lade sie zu einem Luxus Essen ein, mit einem Stab von Bediensteten, alles top, und voller Geschwindigkeit und Leben und da ist so eine Spalte zwischen den zwei Realitäten in denen wir leben. Wie geht das zusammen?

Ich denke daran, wie sie mich vor dem Aufzug, vor dem Marmor und dem Chromglanz, geküsst hat. Sie küsst so wunderbare mit ihrem vom bänderverzierten Sommerhut gerahmten Gesicht. Sie ist wie eine Prinzessin aus einem Märchen und dann ist es auch wie ein Märchen mit uns, einfach eine schöne Geschichte, eine die nie wirklich werden kann und sie schwindet, wenn man das Buch zuklappt, wenn die Stimme des Erzählers verstummt. Sie bricht nicht ab, sie hört einfach auf und es ist vorbei, ist noch ein bisschen nachschwingende Erinnerung und dann kommt etwas anderes, der Schlaf, ein Traum oder ein anderer Gedanke oder ein Telefonanruf oder irgendetwas und es kann sein, das man sich noch einmal daran erinnert, einen oder zwei Abende später und dann mache ich mein Skizzenbuch auf und male ein paar Striche und Linien und schreibe etwas dabei, und dann das Datum, die Uhrzeit und den Ort, um eine Spur zu legen in der fließenden Zeit und ich denke daran, wie sie das lächerlich findet, weil für sie das ein sich viel zu ernst nehmen ist und ich mache es trotzdem, weil ich mich festhalten muss, es festhalten will und es ist so weit und fern und ich bin traurig, sehr traurig.

Ich liebe sie. Das sagt so viel und es ist doch so wenig. Warum ist das so, frage ich mich und dann sage ich mir, dass das keine sinnvolle Frage ist, die nach dem Warum und das ist dann schon wieder eine Schleife und ich verlaufe mich in ihr und bin fort und dann kommt der Punkt wo ich an den Anfang des Textes gehe und noch einmal von vorne lese, um zu sehen ob es funktioniert, dass der Text die Erinnerung wenigstens ein bisschen verstetigt und ich sehe, das er es nicht tut und schon ist alles wieder fort und ich wünsche mir eine Träne in meinen Augen, wenigstens eine, aber sie kommen nicht, die Tränen, selbst wenn ich es mir sehr wünsche und dann wische ich doch mit dem Finger durch die Augen in der Hoffnung, dass sie zumindest etwas feucht sind. Es ist so traurig. Ich liebe sie. Und wenn ich das so schreibe, denke ich daran wie sie sagt „Es ist doch alles in Ordnung" und vielleicht ist es das auch, nur, dass das nicht die Ordnung ist, die mir Ruhe verschafft.

Traum

Ich sitze im Rollstuhl. Ja, in diesem Traum sitze ich im Rollstuhl. Irgendwann hat das ja mal so kommen müssen. Es passiert und dann geht es nicht mehr und man ist behindert: Rollstuhl. Der Rollstuhl ist noch neu für mich. Aber ich komme schon ganz gut mit ihm zurecht. Ich fahre mitten auf der Straße. Gottseidank ist die Straße leer. Ich weiß nicht warum. Es ist ein bisschen so wie bei den Fallas. Weiter hinten ist ein riesen Trubel, aber ich bin nicht dabei, bin abseits. Ich höre den Lärm des Festes, das Singen und das Rufen, aber die Straße auf der ich bin ist leer. Sie ist gesperrt. Die große vierspurige Straße führt in den Stadtkern, und da ist ja jetzt das Fest. Es ist eine dieser Trasse die die technokratischen Verkehrsplaner durch die Stadt geschlagen haben, ohne Rücksicht auf die jahrhundertealte Bebauung, die traditionellen Stadtviertel. Normalerweise drückt sich hier tosend die werktäglich abgasschwangere Verkehrslawine durch. Jetzt ist es still. Ich fahre gerade durch eine Unterführung. Die Seiten des Tunnels sind wie die Wände eines riesigen Ofens in denen ein Höllenfeuer gebrannt hat. Das Feuer ist aus, nur noch die rußigen Spuren dieses Feuers sind an den Wänden. Ich muss mit dem Rollstuhl die Steigung hinauf, wieder ans Tageslicht. Es geht ganz gut. Ich habe anfangs immer auf die Reifen, graue Reifen hat der Rollstuhl, gefasst. Jetzt packe ich auf die Griffstangen neben den Reifen. Ich dachte immer, dass die zu schmal wären, aber das sind sie gar nicht. Wenn man die Hand etwas anders aufsetzt kann man ganz gut den Rollstuhl in Bewegung halten, selbst die Steigung hinauf. Ich denke an meine Handgelenke. Ich habe einmal mit einem Rollstuhlfahrer gesprochen, im Zug, ich war im Behindertenabteil. Er meinte, so lange hielte man das nicht aus, das Rollstuhlfahren, wenn man aktiv ist. Die Handgelenke sind viel empfindlicher als die Kniegelenke, und jetzt geht die ganze Kraft, die sonst über die Beine geht, über die Hände und das geht auf die Gelenke.

Ich bin aus dem Tunnel heraus, aber es ist wieder dunkel, nur das Licht einer Glühbirne. Eine große Glühbirne mit einem sehr langen Glühfaden, aufgespannt auf einem feinen Drahtgestell, das wie die Beine einer Spinne aussieht. Die Glühbirne sitzt in einer dieser sehr alten Kellerlampen, eigentlich wie eine umgekehrte Schüssel aus Emaile, oben zur Decke hin schwarz und innen, zum Boden hin weiß. Da gehört noch ein gewölbtes Glas darüber, aber das ist nicht da.

Ich bin im Keller. Der Keller sieht etwas so aus wie der Keller in der allerersten Wohnung, die ich als Student hatte. Vor allem ist er sehr hoch. Man hat den Keller in den Schutt der Ruinen eines abgerissenen Hauses gebaut und auf die alten Fundamente gesetzt und da ist das Ganze dann alles ein bisschen höher geworden. Ich weiß nicht, ob ich noch im Rollstuhl sitze. Ich bewege mich durch das matte Halbdunkel des Kellers. Oben ist noch etwas mehr Licht und da ist mein Oberkörper, was unten ist kann ich nicht sehen. Ich kann mich fortbewegen, aber ich spüre nicht, dass ich mit den Beinen gehe. Meine Beine sind nicht da. Noch mehr, mir fehlt praktisch ab dem Bauchnabel mein ganzer Unterkörper. Fast ist es so als ob ich mit dem Körperstumpf durch eine Masse wallenden Gels oder wattierter Wolken gleite.

An der Wand hängt eine Kleidertasche. Dann ist da noch ein Schrank. Ich stöbere im Schrank in den Kleidern. Ein schwarzes Kleid aus Latex, ein Rock, einige Strümpfe. Meine Freundin ist dabei. Sie ist blond. Ich glaube die Haare sind nicht gefärbt. Vielleicht ist es Isabel, das wäre die Schulzeit. So weit bin ich also zurück in meinem Traum. Hoffentlich muss ich nicht gleich noch einmal mein Abitur machen, denke ich, und wundere mich darüber, dass ich im Traum darüber nachdenke wie der Traum weitergeht. Aber dann wird Isabel zu Evita und sie sitzt auf einem Sofa, das da auf Augenhöhe vor mir in der Luft schwebt. Evita zieht sich ein Latexkleid an. Sie hat damit gezögert. Irgendwie war sie dabei, als ich durch die Kleidungsstücke stöberte. Ich habe ihre Stimme gehört und sie war ein paarmal hinter mit, fast in meinem Blickfeld, aber ich habe mich nicht getraut mich umzuschauen. Und dann hat sie gelacht, mit der hellen Stimme von Brigida aus dem Englischkurs, aber es ist meine Frau, die da sitzt, ja und sie hat, ganz zögerlich, das Kleid angezogen. Ich spüre förmlich, wie das kühle Latex sich auf ihre Haut legt. Wie sie sich erst zurückziehen möchte von der Berührung des Materials, das sich da an sie schmiegt, wie sie es dann hinnimmt, das Kleid weiter hoch zieht, bis es ganz an ist, eng anliegt und sie streicht mit der Hand über das Kleid, über ihren Busen, ihren Po und ihre Schenkel und dann sitzt sie auf dem Sofa. Das Sofa ist schwarz, der Bezug glänzt und ich schaue, immer noch aus der Froschperspektive auf meine Frau und das Kleid. Auch das Kleid ist schwarz, fast vollständig schwarz, nur an der Seite ist ein roter Streifen, der mal dünner und mal dicke wird, und aussieht wie Flammen.

Sie schaut mich an, meine Frau, etwas verschämt und immer noch gefangen von dem neuen Gefühl, dass das so eng anliegende Kleid und das ungewohnte Material bei ihr auslöst.

„Ach so geht das", sagt sie und aus dem Blick, in dem immer noch die erregende Schamhaftigkeit des neu Entdeckten zu sehen ist, wird langsam ein Lächeln, das Selbstbewusstsein und auch Gefallen zeigt.

Ich merke, dass mein Glied steif wird. Mein Unterkörper ist wieder da. Die Füße noch nicht, aber mein Po und auch meine Beine, zumindest der obere Teil der Beine. Es ist als tauche ich auf, aus einem See schwarzer Wolken oder einem sanft schwabbligem Gel, aber es klebt nicht an mir sondern perlt ab.

Meine Frau hat eine Klatsche in der Hand. Ein langer Stiel, elastisch, mit Leder ummantelt und am Ende eine etwa handtellergroße Klatsche aus weißem Leder mit ein paar gestanzten Löchern. Der Rand der Klatsche ist mit einem dünnen, weißen Wulst umsäumt. Sie sitzt auf der Kante des Sofas, meine Frau, rechts, die Beine überschlagen, aufrecht, wie eine Dame und hält die Klatsche schräg vor sich. Die Spitze wippt auf und ab.

Ich werde über das Sofa gelegt, Ich bin nackt und mein Schwanz ist steif. Das ist aber nicht schlimm, denn das Sofa ist mit schwarzem Lack überzogen, vielleicht ist es auch Latex, auf jeden Fall kann man es abwischen. Meine Frau ist aufgestanden und um das Sofa herumgegangen. Sie kann um das Sofa herumgehen, obwohl es immer noch in der Luft schwebt. Sie streichelt über meinen Po. Ich kann sie nicht sehen, aber ich spüre ihren Gesichtsausdruck in meinem Nacken. „Ach so geht das", sagt ihr Gesicht. Sie packt meinen steifen Schwanz und lächelt. Jetzt hat sie verstanden wie sie mich nehmen muss. Es ist die Freude der Entdeckung eines kleinen Geheimnisses.

Ach so einfach ist das, spüre ich aus ihren Gesten. Und dann gibt sie mir die Klatsche auf meinen Po. Nicht feste, nur leicht, aber es hat eine gute Wirkung. Mir tun die Schläge gut. Vor allem tut es mir gut, dass es meine Frau ist, die es mir macht.

Ich werde wach. Ich liege neben meiner Frau, ich bin steif aber sonst ist nichts passiert. Und es wird auch nichts passieren, geht es mir durch den Kopf.

Von Zuhause geträumt

Sie hat von zuhause geträumt. Auf dem Flur, vor der Etageneingangstür, – sie wohnen ganz oben in dem Haus – da ist ein Stück Flur, dass nur noch zu ihnen führt und neben der Etageneingangstür, der Wohnungseingangstür, da ist an der Wand noch eine Tür, eine Stahltür, feuerfest. Es ist die Tür zum Aufzugschacht, denn der Aufzug geht nur bis zur Zwischenetage und man muss noch eine Treppe laufen, bis man auf der Höhe ist, auf der die Wohnung ist.

Auf diesem Stück Flur stand eine Frau, eine alte Frau im Rollstuhl. Meine Frau wusste auch nicht, wie die dahin gekommen ist. Sie stand da und wollte herein, und kam auch herein. Die Wohnung, die elterliche Wohnung, war die elterliche Wohnung, aber nur viel größer, Hallen aneinander, aber es war die Wohnung. Und die alte Frau im Rollstuhl war im Bad, und da waren auch noch viele andere fremde Leute im Bad, sie waren aus dem Schacht gekommen, dem Schacht, der hinter der Tür aus Eisen ist. Irgendwie waren sie da hineingekommen. Die alte Frau im Rollstuhl begann damit die Fliesen von der Wand abzunehmen und meine Frau war bemüht die Fliesen wieder an die Wand zu packen, denn dahinter war ein Loch, ein tiefer Schacht und in der Wohnung war noch ein kleines Kind, nicht ein Kleinkind aber ein Mädchen, so an die zwei drei Jahre, es lief immer herum und war recht ungezogen, so sagte meine Frau, und sie musste auf das Kind aufpassen und auf die alte Frau, die immer die Fliesen von der Wand nahm, obwohl da doch der Schacht war. Und dann war da in dem Wohnzimmer – und das war ja alles viel größer –, da war noch eine andere alte Frau im Rollstuhl und noch einige mehr und die nahmen auch die Fliesen von der Wand und sie, meine Frau, musste auf das alles aufpassen und dann war da auch noch das Kind und dann ging sie durch einen Gang, eine Treppe hinauf, es war so wie das früher gemacht worden war, eine gar nicht so breite Treppe und ein Gewölbe darüber, und alles war mit Moos bewachsen und tropfnass und die Treppe war glitschig. Man musst aufpassen, dass man nicht ausrutschte, und sie ging durch viele Gänge die alle überdacht waren, nur wenn sich die Richtung änderte, dann war der Gang an der Stelle nicht überdacht und die Sonne schien durch das Moos und die Ranken, mit denen alles zugewachsen war.

Und dann war sie in einem großen Saal und da war ihre Schwägerin, aber sie war gar nicht die Mutter, die ihre Schwägerin sonst war, sondern eine elegante Frau, selbstbewusst und erfolgreich, ein ganz anderer Typ als ihre Schwägerin sonst war und sie war angesehen vor den Leuten die da waren und sie sprach ganz anders als sonst. Es waren immer sehr schöne Räume und alles sehr groß, auch die Städte, obwohl sie doch schon in New York gewesen war und die Häuser sind da wirklich sehr groß, hier in dem Traum war alles noch größer und wenn sie aufwachte und niemand sie ansprach, danach, dann konnte sie sich ganz gut erinnern an den Traum und die Träume und die Traumwelt.

In irgendeiner Religion, so meinte sie, sagte man, im Traum sprechen die Götter zu einem. „Das ist alles so fantastisch, dass man sich das gar nicht selber zusammendenken kann", meint sie. Und mein Einwand, – ja dies war ein Einwand, obwohl es doch ein Hinweis sein sollte –, dass das vielleicht einfach das Unterbewusste war, das diese Bilder produzierte, den konnte sie nicht annehmen. Und ich ärgerte mich schon, dass ich ihn gemacht hatte, vor allem weil ich „einfach" vor „Unterbewusstsein" gesagt hatte. Das „einfach" entwertete das Unterbewusstsein, fand ich. Aber ich wollte auch nicht mehr sagen, konnte es auch nicht. Und dann war das Gespräch zu Ende. Ich glaube ich bin eingeschlafen.

Kindergartenausflug

Ich sitze in der Straßenbahn. Eigentlich fahre ich nie mit der Straßenbahn oder der Metro. Aber jetzt sitze ich in einem dieser schäbigen Wagen, neu-schick mit vielen grellbunten Farben. Das soll wohl freundlich sein. Ich finde diese abgewetzten bunten Muster einfach nur billig. Ich komme vom Arzt. Die Tabletten, die er mir verschrieben hat, sind stark, so stark, dass ich nicht Auto fahren darf. Also sitze ich in der Straßenbahn. Die Tabletten sind in meiner Tasche. Ich weiß nicht ob ich sie nehmen soll. Ich will sie nicht nehmen, will nichts nehmen was meinen Verstand umnebelt. Vielleicht ist das klare Denken ja das einzige was mir geblieben ist. Denke ich noch klar?

Ich schaue auf die Kinder. Vor mir sitzt ein schwarzer Junge, in der gegenüberliegenden Sitzgruppe ein orientalisch aussehendes Mädchen und eines das ein osteuropäisches Gesicht hat. Ihr gegenüber zwei Jungen, nein drei. Ich habe zunächst nur die zwei rechts gesehen, die, die sich gestritten haben.

Ich schaue auf diese gut gepflegten Kinder und die etwas übermüdete Kindergärtnerin. Erst später entdecke ich, dass sie zu dritt sind, noch eine ältere Frau, mit rumänisch gefärbtem Spanisch und eine typische Valencianerin.

Die Kinder kabeln miteinander. Neben mir der Junge gibt sich selber simulierte Faustschläge in seine aufgeblasenen Backen, die er dann schnell entleert. Mir gegenüber zwei Mädchen. Die eine gibt der anderen mit den Fingerspitzen eine angedeutete Ohrfeige. Fast traut sie sich gar nicht, das Gesicht des anderen Mädchens zu berühren. Sie kommt aus einer Familie, in der es Ohrfeigen gibt, denke ich und ich schaue auf dieses idyllische Gewimmel der Kinder, diesen Auszug aus einer guten Portion heile Welt und denke an Schläge, Schläge auf den Po. Denke an meine nächtlichen Phantasien, wo ich das gezüchtigte Kind bin, wo ich Schläge auf den Po bekomme, Stock und Peitsche.

Und dann denke ich an die Gummihose, in die ich komme, in meinen Phantasien, mit dem nackten, ausgehauenen, glühend roten Po, und wie ich mich reibe. Und ich schaue auf diese Kinder und denke wie weit das auseinander liegt, das Leben der Kinder heute und das, was da in meinem Kopf ist. Und das kommt aus meiner Kindheit. Ich bin nicht geschlagen worden, nein, aber in meiner Kindheit ist viel von Schlagen und Bestrafen erzählt worden. Meine Eltern habe es erzählt, wie sie geschlagen worden sind. Meine Mutter mit dem Kochlöffel, von ihrer Mutter um den Tische herumgejagt, in der Küche und solange mit den Kochlöffel Schläge auf den Rücken, bis der Kochlöffel gebrochen ist. Sie hat sich unter dem Tisch verkrochen, und dann kam sie ins Bett, ins dunkle Zimmer, mitten am Tag. Und mein Vater hat von dem Lederriemen erzählt, mit einem Gürtel, den er zufällig in der Hand hatte, hat er das getan, und beim Bügeln, dass Kinder über das Bügelbrett gelegt wurden und dann mit dem Riemen den nackten Hintern verhauen bekamen. Und wie gut wir das haben, dass wir das nicht bekommen. Das Echo des ganzen Sadismus, den meine Eltern erfahren haben, habe ich abbekommen. Und daraus hat es sich gebildet, dieses Durcheinander von Phantasien und Sexualität, das mich einklemmt und hemmt, das mich aber auch so ungeheuer erregt.

Lehnt sich jetzt der Psychoanalytiker entspannt auf seinem Sessel zurück, der am Kopfende der Couch steht, auf der ich liege? Nein, da lächelt niemand. Wir haben es auch nicht geschafft. Es gibt diesen Psychoanalytiker nicht, auch der ist nur in meinem Kopf und geschafft haben wir, oder besser ich, es auch nicht. Es hilft gar nichts das Ganze zu wissen. Wenn ich weiß, warum die Brücke zerbrochen ist, ist sie immer noch kaputt, und ich kann nicht einfach ein neues Leben bauen, so ganz von Anfang an, ich kann doch nicht noch einmal Kind werden, das ist Quatsch, ich bin Erwachsen, alt, richtig alt schon, ein Opi, hat die Sekretärin in der Redaktion gesagt und meinte es scherzhaft. Es tat aber weh. Und die ganzen Erfolge, die sind ja auch da, die kann ich doch nicht einfach wegwerfen.

Ich suche in meiner Jackentasche nach dem Fahrschein und finde ihn nicht. Fahre ich gerade schwarz?

Regen

Es ist Oktober und es regnet. Das ist hier eigentlich nun wirklich nichts Besonderes. Ich schreibe es aber trotzdem.

Ich habe heute Morgen unter der Dusche gestanden und geweint. Meine Tränen haben sich mit dem Wasser der Dusche gemischt. Ein Mann in meinem Alter weint nur leise und in sich hinein und die Dusche war viel lauter als mein Weinen. Sie ist eine dumme Schlampe, habe ich zu ihr gesagt, am Telefon, gestern Abend und dann aufgelegt.

Was soll ich mir denn noch alles von ihr bieten lassen. Ich will doch nicht an ihr kaputt gehen. Das abgetretene blaue Handtuch, schmutzbedeckt vor dem Wachbecken, das sie nicht sauber macht. Nur wenn ihre Mutter kommt, dann liegt da plötzlich ein neues. Das Bett, in dem ich nicht schlafen kann und ihr kleiner warmer Körper, der sich an mich klammert und wenn ich mich umdrehe klammert sie mich von hinten. Ich kann das nicht mehr ertragen.

Ich habe schon so lange keinen Sex mehr mit ihr gehabt. Wenn ich es nur versuche, ansatzweise, mich etwas an ihr bewege, damit mein Körper in Erregung kommt, fängt sie an zu zucken. Und dann ist es aus.

Meine Sexualität ekelt sie an, schon der Gedanke daran kann bei ihr einen hysterischen Anfall auslösen, und sie hyperventiliert. Wir hatten das ja schon alles, sogar mit

Krankenwagen. Und ich war dann noch der Idiot. Der Sanitäter hat mit Vorhaltungen gemacht. Eine Katastrophe. Sie steht zitternd im Flur, völlig aufgelöst und ich bin das Arschloch, das daran schuld ist. Das ist doch Quatsch.

Ich brauche einen Klaps auf den Po, brauche eine Frau die mich nimmt, die es mir macht, die es mit mir macht, die kein Problem damit hat, dass ich die Peitsche brauche. Es ist doch nur ein Spiel und nur ab und zu. Warum gibt es denn das ganze Zeugs in den Sexshops, die Dominastudios? Selbst in der Werbung wird ganz offen mit dem Motiv gespielt. In der letzten Woche waren hier alle Großflächen mit einer Zigarettenwerbung belegt, in der eine Domina in Lackkorsage und Peitsche in den Großstadttrubel lächelte.

Ich bin so wütend auf sie. Sie hat mich so verletzt, so tief in das Innere meines Selbst gestochen mit ihren vergifteten Nadeln. Ich bin ein Spanier, nur ein Spanier kann auf so abartige Ideen wie ich kommen, hat sie gesagt. „Die Inquisition habt Ihr erfunden." Sie meint, dass das typisch ist für uns Spanier: „Ihr quält andere Leute, und ihr sagt, dass ihr die Wahrheit herausfinden wollt, damit. Dabei macht es euch geil, Menschen leiden zu sehen, sie zu quälen. Mit den Stieren macht ihr das ja auch." Und dann spricht sie über „diesen Diktator", womit sie Franco meint, und dass er noch bis in die siebziger Jahre hinein Spanien regiert hat. „Da hat doch jeder Dreck am Stecken, in so einem System." Ihre Stimme hat sich fast überschlagen. Sie konnte sich gar nicht einkriegen.

Ich bin wütend auf sie. Das geht nicht. Ich bin nicht verantwortlich für etwas was ich nicht getan habe. Ich habe die Inquisition weder erfunden, noch habe ich jemals mit glühenden Nägeln ein hochnotpeinliches Verhör geführt. Ich habe damals ja noch gar nicht gelebt. So alt bin ich nun wieder auch nicht. Das geht doch einfach nicht. Und ich habe es auch nicht in meinem Charakter, diese Neigung von der sie spricht. Ich war noch nie bei einem Stierkampf. Ich mag das nicht. Mir wird schlecht, wenn ich Blut sehe. Ich würde da nie freiwillig hingehen.

Kennt sie mich nicht? Weiß sie eigentlich mit wem sie es zu tun hat. Ich bin doch kein kleiner Junge mehr. Ja, alle Spanier sind arrogante und herrschsüchtige Machos. Sie scheint das wirklich zu meinen und immer wenn sie auf jemanden trifft, der arrogant ist, macht sie das daran fest, und natürlich sind die arroganten Männer, die sie trifft, alles Spanier, sie lebt ja in Spanien und nur in Spanien, sie hat ja, bis auf die ersten drei Jahre, ihrer Kindheit nirgendwo anders gelebt als hier. Oh, sie ist wirklich eine dumme kleine Schlampe.

Ich habe, nachdem ich aufgelegt habe, sofort wieder angerufen und mich entschuldigt. Sie war nur ganz leise und meinte: „Wahrscheinlich meinst du das ja wirklich." Ich konnte nichts sagen und dann war das Gespräch zu ende. Ich habe ihr noch eine gute Nacht gewünscht. Und dann habe ich die ganze Nacht nicht geschlafen. Wahrscheinlich glaubt sie schon die ganze Zeit, dass sie eine Schlampe ist. Sie hat einfach eine Ich-Schwäche. Und sie sucht sich die Bestätigung dafür. Ich kann das nicht mehr mitspielen, ich bin doch nicht ihr Therapeut, der immer wieder dagegen hält und ihr positive Rückmeldungen gibt. Sie ist eine Schlampe! Oh bin ich wütend.

Ich stelle mir vor, dass ich ihr die Peitsche gebe. Sie hat sie verdient, sie, nicht ich. Wenn sie mich noch einmal sehen will, dann soll sie zu mir kommen. Sie wird nicht zu mir kommen, denke ich, es ist aus, diesmal ist es wirklich aus, und das ist gut.

Ich lasse meinen Phantasien freien Lauf. Es gibt nichts mehr zu halten. Die Peitsche habe ich aus dem Keller geholt und auf den Küchentisch gelegt. Ich stelle mir vor, dass sie kommt, kleinlaut und bittend. – Ziemlich primitive Rachephantasien sind das. – Sie hat mich wirklich sehr verletzt. Ich lasse sie sich ausziehen, nackt, ganz, ja auch ohne Höschen, und sie muss selbst den Stuhl vor den Küchentisch stellen, umgekehrt, und sich auf die Sitzfläche knien, nackt wie sie ist, und dann nach vorne beugen, damit ich ihren süßen kleinen runden Po, ja ihren süßen runden kleinen Po, so richtig prall vor mir habe, und dann gebe ich ihr die Peitsche. Erst langsam, und nur leicht mit der Klatsche, ich streichle über ihren Po, hebe die Gerte und lasse sie die Haut mit einem ganz leichten Klaps berühren. Sie spürt praktisch nichts, nur die Glätte des Lederstückchens am Ende der Gerte. Und erst langsam werden die Schläge heftiger und es rötet sich ihr Po und ich befehle ihr still zu sein, sie soll nicht schreien. Was sollen denn die Nachbarn denken? Sie denkt doch sonst immer an das, was die Nachbarn denken. Sie soll sich schämen, sie ist eine dumme kleine Schlampe. Sie soll es sagen.

„Was bist du", frage ich sie und sie sagt, zögernd und zitternd: „Ich bin eine kleine, dumme Schlampe". Und zack klatsch die Gerte auf den Po, und ziemlich heftig. Ja.

Ich packe sie am Kopf, nehme den Kopf hoch und küsse sie. Auf diesen kleinen süßen Mund, auf diese Lippen, die mich so oft hingebungsvoll geküsst haben. Ich habe sie wirklich geliebt. Aber es geht nicht mehr. Wenn in mir solche Phantasien sind, dann geht es nicht mehr. Sie hat es in mir auf gemacht. Gelacht hat sie, als ich ihr erklärt habe, warum man nicht für die Handlungen seiner Vorfahren verantwortlich ist. „Das hast du schön gesagt", hat sie mit ironischem Unterton mir an den Kopf geworfen. Ja, ich habe nun mal eine präzise Sprache, das ist mein Beruf, und wenn etwas wichtig ist, dann muss man es auch exakt sagen. Daher kommen doch die ganzen Missverständnisse, wenn man das immer nur so ungefähr sagt und denkt, der andere wird einen schon richtig verstehen. Früher hat sie mich deswegen bewundert, jetzt verhöhnt sie mich.

Oh du bist eine kleine Schlampe, eine fürchterliche kleine Schlampe, denke ich und du bekommst jetzt die Peitsche. Nicht ich, sondern du. Ich werde dich zu einer guten, gehorsamen Frau machen.

Und dann gebe ich ihr noch einmal ordentlich die Peitsche. Ich stehe in der Küche. An der Wand hängt ein großer Spiegel. Es war ihre Idee in die Küche einen Spiegel zu hängen. Dann wird der Raum größer, meinte sie. Und jetzt schaue ich in diesen Spiegel, der den Raum größer macht, und ich sehe, wie ich mit der Peitsche in der Hand vor dem Stuhl stehe und aushole. Das sieht lächerliche aus, so in der leeren Küche zu stehen und hinter mir der Wäscheständer mit der noch nicht abgenommenen Wäsche, aber es sieht auch bedrohlich aus, erschreckend und absurd gespenstisch.

Unter der Decke
Phantasie Nummer 254

Ich bin jetzt allein. Es hat keinen Trennungsakt, keine Scheidung gegeben, aber de fakto hat die Trennung stattgefunden. Nach jenem Telefonat haben wir uns einfach nicht mehr gesehen. Punkt. Das war's. Für mich war klar, dass das der Schluss war. Ich habe einfach nichts getan und ich wollte auch nichts tun. Es musste einmal aus sein. Jetzt war es es. Ich hatte Angst, dass sie sich melden würde, aber sie hat sich nicht gemeldet, bis heute nicht. Seit jenem Telefonat ist Funkstille zwischen uns.

Ich habe immer gedacht, dass es bei einer Trennung einen Akt geben müsse. Letztendlich so etwas wie eine Übereinkunft, dass man nicht mehr zusammen ist, eine Vertragsauflösung, einen Abschluss, selbst wenn man es nicht mit Rechtsanwalt und offizieller Scheidung machen will. Wenn ich jetzt alleine in der Wohnung sitze, merke ich, wie die Stille mich umspinnt. Sie kriecht langsam an mir empor, dringt in mich ein, durchtränkt die Fasern meines Körpers, legt alles in mir lahm. Ich will nicht mehr, nichts. Ich denke an Evita und daran, dass es vorbei ist. Ich denke auch daran, dass ich nicht an sie denken will. Und sie denkt offensichtlich auch nicht an mich. Sie hat sich nicht gemeldet. Alle ihre Sachen sind in der Wohnung, aber sie hat sie nicht geholt, nichts hat sie geholt. Ich frage mich wie sie lebt.

Es ist jetzt schon über sechs Monate her, dieses Telefonat. Ein ganzes halbes Jahr, denke ich. Gestern lag dann eine Postkarte aus Venedig im Briefkasten. Das steigerte meine Wut noch einmal. Eine Postkarte kann jeder lesen. Der Postbote hat es bestimmt getan. Der weiß jetzt Bescheid. Meine Frau schreibt mir eine Postkarte. Nach sechs Monaten schreibt sie eine Postkarte. Ja, sie verreist einfach so, obwohl doch zuhause alles in Scherben liegt. Mit ihrer kleinen Schrift hat sie die ganze Karte vollgeschrieben. Sie ist in Venedig. Ja, das kann ich mir denken, wenn es eine Karte aus Venedig ist. In welchem Kaffee sie sitzt, ist mir wirklich egal. Und ganz am Ende steht auf der Karte: „Traurige Grüße aus einer schönen Stadt." Ja es ist traurig, sehr traurig sogar. Aber dazu brauche ich nicht Venedig.

Ich habe die Karte in die Ecke geschmissen. Einige Tage lag sie da. Dann habe ich sie aufgehoben und in der Küche auf das Regal hinter die Tassen gestellt. Da steht sie jetzt. Man kann sie nicht sehen, aber ich weiß, dass sie da ist.

Ich habe Angst irgendwann Evita in der Stadt zu begegnen. Ich weiß nicht wie ich reagieren werde, wenn ich sie zufällig wieder sehen sollte. Ich lege mir Sätze zurecht, die ich ihr an den Kopf werfen will, um mich zu verteidigen, um nicht in die Liebes-, die Verständnis-, die Vorwurfs- oder eine sonstige Falle, zu fallen. Ich bin immer reingefallen. Diesmal nicht! Es muss einmal ein Ende haben.

Wenn ich zuhause bin, verkrieche ich mich in meine Phantasien. Eigentlich könnte ich sie einmal durchnummerieren. Es sind eine ganze Menge, sicherlich einige Hundert. Aber wenn ich anfangen würde sie zu sortieren, denke ich, dann würde man wahrscheinlich schnell merken, dass es nur einige wenige Themen sind, um die ich immer wieder kreise.

Ich lege mich ins Bett, ziehe die Decke über den Kopf, stelle mir eine Szene vor, in einem Restaurant zum Beispiel oder im Frühstücksraum eines Hotels: Mehrere Tische, an einem Tisch zwei Frauen und ein Mann. Der Mann bin ich, natürlich. Oder, ich identifiziere mich mit diesem Mann. Ich spreche die Dialoge in das flauschige Laken, das um die dünne Wolldecke geschlagen ist, unter der ich liege. Manchmal schreie ich auch und deshalb schaue ich vorher immer, dass auch alle Fenster in der Wohnung zu sind, selbst wenn es sehr heiß ist.

Es fängt an mit einem Satz wie: *„Der bekommt heute Abend einen guten Po voll."* Und dann bin ich drin in der Geschichte:

Astrid, hat diesen Satz gesagt. Astrid ist eine elegante Frau, selbstbewusst, lebendig. Sie hat diesen Satz zu Lora gesagt, der Frau, die neben ihr sitzt. Sie hat nur mit ihr gesprochen. Trotzdem hat sie den Satz so laut gesagt, dass jeder im Raum ihn verstehen konnte. Der Mann schaut verschämt zum gegenüberliegenden Tisch. Dort tut man so, als hätte man nichts gehört. Aber der Mann spürt, dass man sehr wohl weiß um was und vor allem um wen es geht: um ihn.

Astrids Lächeln ist Drohung und Lust zugleich. Drohung für ihn, denn ihr Lächeln verspricht, dass sie es ernst meint, sehr ernst sogar. Lust ist es für sie und nur für sie. Er fürchtet sich vor der Strafe, das kann man ihm deutlich ansehen. Vor allem ist es ihm peinlich, dass sie hier beim Frühstück mit der Freundin so offen darüber spricht.

Er hat es akzeptiert, dass sie ihn bestraft, und er hat meist auch das Gefühl, dass er es verdient hat, zumindestens grundsätzlich, auch wenn er oftmals mit der Form der Bestrafung und auch dem Ausmaß nicht einverstanden ist. Aber das ist ja vielleicht gerade der Charakter einer Strafe, dass sie etwas ist, was man nicht will, und insofern ist es für ihn okay. Und er muss zugeben, dass es, seitdem er ab und zu die Peitsche bekommt, in ihrer Beziehung besser läuft, viel besser. Ja, eigentlich funktioniert die Beziehung erst wirklich, seitdem sie diesen Punkt geklärt haben.

Es war da immer etwas zwischen ihnen gewesen, das nicht klar war. Manchmal provozierte er sie mit den abwegigsten Sachen, Kleinigkeiten meist. Eigentlich völlig belanglose Dinge und dann hatten sie Streit und der Haussegen hing schief und wenn sie ihn dann anbrüllte, dass er ihr bei Allem den Spaß verderbe, einfach nur unmöglich sei und dass man ihn ja nirgendwo mitnehmen könnte, so wie er sich benehme, und überhaupt, ... dann wussten sie beide irgendwann nicht mehr, worum es eigentlich ging. Es war nur noch Streit.

„Eigentlich sollte man dir mal einen guten Povoll geben", war es ihr dann bei einer dieser so ermüdenden Streitereien heraus gerutscht. Er benahm sich wie ein kleiner, ungezogener Junge, so schaute er sie an, bockig war das Wort, das ihr dabei einfiel.

In ihrer Familie war es üblich, dass Kinder zur Bestrafung den Po versohlt bekamen. Bei ihm zuhause war das anders. Es gab keine Schläge und eigentlich auch keine Strafen. Und das eine strenge Erziehung für sie so selbstverständlich war, dass erregte ihn. Er hatte es immer als nicht normal empfunden, dass seine Eltern nicht streng mit ihm waren. Er hatte nie Grenzen gespürt. Es musste doch auch einmal eine Strafe geben. Er suchte sie bei ihr.

„Mach es doch, vielleicht hilft es ja", hatte er gesagt. Eine Mischung aus Spott und Trotz sprach aus seinem Tonfall. Beinahe hätte er die Zunge herausgestreckt. Nur die Konturlosigkeit seiner von Bangigkeit getränkten Sehnsucht hinderte ihn daran. Er wusste noch nicht wie sehr er es wollt.

„Mach es doch", wiederholte er und tat so, als spucke er sie an. Da hatte sie ihm eine geklatscht, ihn am Arm gepackt, ihn, der sich kaum sträubte, hinter sich her in die Küche gezogen, sich auf den Hocker gesetzt, ihn übers Knie gelegt und *ihm mit dem Handfeger, der da lag, ordentlich den Hinter ausgehauen. Zunächst auf die Hose, dann auf den nackten Po. Die Wirkung war erstaunlich. Nach der Tracht Prügel hatte er sich entschuldigt, von sich aus gespült und die Küche aufgeräumt und abends im Bett ging er willig in die von ihr gewünschten Stellungen. Er machte alles so, wie sie es wollte. Sie streichelte über seinen roten Po und er befriedigte sie voller Hingabe.*

Seitdem hing der Handfeger gut sichtbar in der Küche und wenn sie merkte, dass er wieder bockig wurde, dann setzte es ohne Umschweif etwas.

Spätestens an dieser Stelle der Geschichte komme ich. Manchmal frage ich mich, wie die Geschichte weitergehen könnte. Ich denke an die Einführung von Rohrstock und Peitsche als Erziehungsinstrumente für den Ehemann. Aber das bringt mich nicht weiter. Es sind immer nur Variationen des einen Themas, dass mich eine Frau liebevoll und streng bestraft, dass sie mich schimpft und ich unter ihrem Pantoffel stehe. Ja, wenn ich in dieser Stimmung bin, will ich unter den Pantoffel. Aber das Ganze hat darüberhinaus keine Perspektive. Es funktioniert nicht.

Es ist nur ein Schema, eine alte eingespielte Routine, in die sich meine verkümmerte, einsame Sexualität gelegt hat. Im Alltagsleben verlange ich gar nicht danach. Ganz im Gegenteil, ich reagiere sehr empfindlich darauf, wenn jemand meine Autonomie einschränken will. Im Alltag bin ich der Macher. Nur in meiner Intimität wünsche ich mir solche Szenen. Das ist schon verrückt.

Aus der Nacht

Ich hatte einen Nervenzusammenbruch. Für zwei Wochen war ich im Krankenhaus. Hörsturz. Managerkrankheit. Es war ein Problem zu erklären, warum meine Frau mich nicht besuchte, warum sie mir keine Sachen brachte, diese vielen Kleinigkeiten, die man braucht, wenn man hilflos im Krankenhaus liegt. Einmal habe ich gedacht, dem Arzt zu sagen, dass wir uns getrennt haben. Aber dann habe ich gedacht, dass der daraus nur noch ein größeres Problem machen würde und auf die Idee kommen könnte mich gleich noch eine Woche länger dazubehalten. Nein, das wollte ich nicht. Es war mir viel lieber, dass die dachten, dass es der berufliche Stress sei. Irgendwie war es mir peinlich, dass ich mein privates Leben nicht im Griff habe.

Die zwei Wochen im Krankenhaus haben meinem linken Arm gut getan. Ich konnte mich im Dreibettzimmer, in das man mich verfrachtet hatte, nicht selber befriedigen. Das war ein wirkliches Problem. Einmal habe ich es im Stehen auf dem Klo probiert. Ich war nass geschwitzt, aber gekommen bin ich nicht. Ich bin sehr darauf fixiert es unter der Decke im Liegen zu machen.

Im Krankenhaus hatte ich einen seltsamen Traum. Ich ließ mir eine Stift und eine Block geben und habe den Traum aufgeschrieben. Es ist für mich ungewohnt, mit einem Stift zu schreiben. Ich habe langsam geschrieben und gemerkt, dass das meine Erinnerung an den Traum verändert hat.

Einen Handwagen vor mir herschiebend bin ich einen Berg hinauf gegangen. Das Bild ist nicht ganz deutlich, der Traum ist dabei zu verschwinden, aber das Bild ist noch erkennbar. Ich bin offensichtlich an meiner alten Schule. Ich bin in einer kleinen Stadt aufgewachsen, nicht sehr bedeutend. Aber immerhin hatte sie eine Straßenbahn und einige Schulen, darunter sogar ein Oberschule, die stolz war auf ihre lange Tradition.

Ich gehe mit dem Handwagen die Straße hinauf zu den Pavillons die hinter dem Hauptgebäude liegen. Die Grundschule war in den Pavillons, übergangsweise und dann, als der Neubau der Grundschule fertig war, da wurde das Provisorium, weiter genutzt, von der Mittelschule. Und meine ersten Jahre an der Mittelschule waren hier.

Und jetzt, im Traum, gehe ich die Straße hinauf, zu diesen Pavillons und schiebe den Handwagen vor mir her. Halb schräg stehe ich hinter dem Handwagen. Die Gitter des Korbes des Handwagens sind aus festen Metallrohren, Metallrohre aus dem Baumarkt, vorkonfektioniert, nicht weiter zugeschnitten oder angepasst, sondern so wie sie gekauft worden sind zusammengeschweißt, ziemlich grob, der Korb hat dadurch eine etwas zu rechteckige Form, aber er ist fest.

Oben am Berg ist eine Metzgerei, eigentlich ein Schlachthof. Das Tor ist noch das Tor der Einfahrt zum Schulhof, nur ist es etwas größer und mächtiger, so wie das Tor zu einem Schlachthof eben aussieht. Das Tor geht auf.

„Wo Sie schon einmal da sind", sagt der große Mann, der auf mich zukommt, und ich denke, dass ich doch gar nicht zum Schlachthof wollte, sondern eigentlich ganz woanders hin und der Schlachthof lag doch nur so auf dem Weg und da werde ich jetzt angesprochen. Und ich weiß nicht einmal den Grund, ich habe mit diesem Schlachthof nichts zu tun, denke ich noch, was ja auch ganz klar ist, weil da ja eigentlich die Schule ist, oder war, jetzt auf jeden Fall ist sie nicht mehr da, sondern da ist ein Schlachthof. Es ist ja ein Traum.

„Wo Sie schon mal da sind", sagt der Mann freundlich und in seiner Stimme liegt so etwas wie Mitleid und auch eine gute Portion dieser seltsamen, freundlichkeitsdurchtränkten, bittersüßen Gönnerhaftigkeit, die Almosenempfänger immer so beschämt dastehen lässt. Eine Spur zu herablassend ist sie. Überdeutlich spürt man, wie fürchterlich es ist, von der Gnade anderer leben zu müssen.

„Wo Sie schon mal da sind", sagt er jetzt bereits zum dritten mal, holt Luft und scheint endlich den zweiten Teil des Satzes, den er sagen will gefunden zu haben: „Ich hab da noch etwas für Sie." Er lächelt wieder, der Mann, klatscht mir ein halbes Schwein und ein übergroßes, irgendwie schon gebratenes Hähnchen auf den Wagen. Ich schaue auf das, was da so plötzlich auf meiner Ladefläche gelandet ist. Das Hähnchen scheint fast größer als die Schweinehälfte, die riesig ist. Die Innereien quellen hervor, so als wäre es ein ganzes Schwein, das nur halb aufgeschnitten worden ist. Eine glitschige, voluminöse Masse liegt da vor mir, drückt sich an die Gitterstäbe des Korbes.

Irgendwie freue ich mich über die unverhofft erlangten Lebensmittel, aber irgendwie sind sie auch eine Last und etwas ekelig sind sie auch. Abfall-Fleisch, noch gut zum Verzehr, wenn man es selber isst, aber nicht mehr zum Verkaufen geeignet. Eben jene Sorte von Fleisch, die man gerne spendet für einen guten Zweck, für einen Bedürftigen.

Im Traum frage ich mich nicht, ob ich bedürftig bin; ich frage es mich, als ich den Traum aufschreibe.

Und da liegt das Fleisch auf meinem Wagen. Das was ich machen wollte, ich habe es vergessen, aber da war etwas das ich machen wollte, das kann ich nicht mehr machen. Ich muss mich ja jetzt um das Fleisch kümmern.

Und dann ist Evita wieder da. Ich sehe sie nicht, weiß nicht einmal warum ich meine, dass sie wieder da ist, aber sie ist wieder da. Wahrscheinlich habe ich ihre Stimme gehört, und eben ist sie an der Tür vorbei getuscht. Ich bin in meinem Elternhaus, im Keller, dem großen Keller unter dem Wohnzimmer. Ich knie vor der breiten Schublade des Nussbaum-Schranks, der ganz früher einmal der Wohnzimmerschrank gewesen war, in der alten Wohnung. Ich habe die Schublade herausgezogen, sie liegt hinter mit auf dem Teppich. Evita geht durch den Raum, hinter mit, und sie geht ganz selbstverständlich auch über die Sachen, die da liegen. Sie stolpert nicht. Ich wundere mich darüber, kann mich aber nicht umsehen, es sind noch Sachen im Schrank, hinter der Schublade, die ich herausziehen muss.

Ich liege mit Evita im Bett. Ich küsse sie ganz leicht und flüchtig in den Nacken. „Es ist gut, dass du wieder da bist", sage ich, „auch wenn es mit uns nicht klappt."

Und dann fällt mir ein, dass ich nach Córdoba muss und der Zug schon gestern gefahren ist und ich nicht weiß, wie ich ihn noch bekommen kann, den Zug. Und ich weiß gar nicht ob überhaupt ein Zug nach Córdoba fährt. Vielleicht muss ich ein Flugzeug nehmen, aber das ist schon in der Luft und ich sehe die Räder des Fahrwerks. Sie sind so groß als könnte ich direkt nach ihnen greifen, aber das Flugzeug ist schon sehr hoch in der Luft und wenn ich versuche an die Rädern zu kommen, merke ich, dass es nur eine Täuschung ist. Es ist gar kein Flugzeug, sondern nur ein Bild auf einem Monitor.

Und dann bin ich aufgewacht. Im Fernsehen, das im Krankenhaus ununterbrochen lief, rauschte gerade der Abspann einer zweitklassigen amerikanischen Fernsehserie durch. Ich hatte immer noch das Bild vom Schwein auf dem Handwagen in Kopf und dachte an die Kriegsnot die meine Eltern erduldet haben, Kinder im Krieg und das Schwein auf dem Fahrrad und das kein Geld da war für irgendetwas, was es ja auch nicht gab. Es gab ja nichts. Es sind die Ängste meiner Eltern, die ich geerbt habe. Wohl eine ganze Menge.

Hinter den Wolken

Die Freiheit liegt da hinten, irgendwo. Wo ganz genau weiß ich nicht. Ich liege am Boden, beinahe entspannt, nur die Beine liegen irgendwie nicht ganz bequem und am Po drückt die Hose. Sie ist zu eng, denke ich.

Flieg, kleinen Hummel, habe ich vor einigen Stunden gesagt, oder war es gestern, oder schon vor einer Woche? Es ist auch egal. Ich denke an diesen Satz, und denke daran, dass ich vergessen habe daran zu denken. Ich vergesse es immer wieder. Die Angst holt mich ein. Ich meine, dass ich nicht mehr atmen kann und dann tritt mir der Schweiß auf die Stirn und ich denke, dass es doch nicht so warm ist und die Leute um mich herum schwitzen doch auch nicht. Auch auf dem Handrücken bilden sich schon Schweißperlen. Ich habe keine Panik, mein Herz schlägt ganz normal, oder doch vielleicht etwas zu schnell, zumindest für mich, ich habe ja sonst einen sehr langsamen Puls. Und dann ist sie doch da, die Panik und ich stehe auf, ganz schnell, ich muss hier raus, mich hinlegen. Und erst dann fällt mir die Sache mit der Hummel ein, diese Moreno-Geschichte und ich habe mich aber schon sicherheitshalber hingelegt. Jetzt, wo ich allein bin, kann ich das ja machen, auch wenn ich manchmal denke, ich sollte es nicht machen, weil es sich dann ja einübt und ich es einfach so mache, weil ich denke ich müsste es sicherheitshalber machen, nur für den Fall, dass mir gleich schlecht wird. Wird mir aber nicht. Ich werde nicht ohnmächtig.

Irgendwo ist mein ruhiges Bewusstsein abhandengekommen. Dieses Zutrauen zu mir selbst, zum meinem Körper. Diese Illusion, dass es mich gibt und immer geben wird. Und ich denke, dass ich immer schon wusste, dass es mich nur solange geben wird, wie ich bin, und dann nicht mehr. Aber das hat mich nicht gestört, und eigentlich müsste ich doch auch keine Angst davor haben ohnmächtige zu werden, das Bewusstsein zu verlieren, einfach umzukippen, weil dann passiert es eben einfach und ich bin nicht mehr und das was dann noch ist, kann mich gar nicht mehr interessieren, weil ich ja nicht mehr bin. Ich werde es einfach nicht mehr mitbekommen.

Aber das funktioniert nicht. Kann ich dem Denken abtrainieren an diese Schleife zu denken, diese Panikschleife? Ist es wirklich das? Ich habe eine Zeit lang an den messingfarbigen Knopf gedacht, von meinem Kleiderschrank, wenn ich an der Kasse im Supermarkt stand und dachte, gleich falle ich um, weil ich da stand und einfach nur warten musste, oder an der Ampel, wenn sie rot war und die Autos um mich herum, dann habe ich die Buchstaben gezählt von den Worten auf den Verkehrszeichen und die Zahl des ersten Wortes durch die Zahl des zweiten Wortes geteilt. Dann war mein Hirn beschäftigt und konnte nicht daran denken, dass ich ja kollabieren könnte.

Und ich liege immer noch auf dem Boden, habe die Beine wieder nach unten gelegt, die Schockstellung ist unbequem. Gibt sie mir noch Sicherheit? Hilft das?

Wo ist die Freiheit? Ich bin doch jetzt alleine. Ist das der Grund. Kann ich einfach so für mich leben? Ich mache doch alles Mögliche und mache es gut.

Und dann denke ich an den Abend in Córdoba, gestern, vorgestern? Es ist schon so versunken, in der flirrenden Luft der glühenden Sommerhitze, der zitternd flimmernden Vergangenheit. In der Mittagshitze bin ich durch die Stadt gegangen. Das machen normalerweise nur die Touristen. Die Kamera hatte ich vor dem Bauch. Ich sah wirklich aus wie ein Tourist. Ich habe mich in den Torbogen einer Einfahrt gestellt und mit dem Teleobjektiv einen alten Mann auf der gegenüberliegenden Straßenseite fotografiert. Offensichtlich ein Einheimischer. Was macht der in der Mittagshitze hier draußen, habe ich mich gefragt obwohl ich mir doch selber auch diese Frage hätte stellen können. Ich glaube ich schwitze, aber der Schweiß verdunstet sofort, so dass meine Haut trocken ist. Es ist ein seltsamer Geruch in dieser Straße. Ich gehe weiter.

Abends gehe ich in ein Restaurant. Eigentlich bin ich nur wegen des Orange in das Restaurant gegangen, die orangen Tischdecken und die orangen Lampen. Ich glaube meine Lieblingsfarbe ist Orange, dieses tief leuchtende Orange. So wie das Totengewand der buddhistischen Mönche. Und ich glaube, als ich da am Tisch saß und auf dem Tischtuch meine Finger Klavier spielen ließ, habe ich gedacht, dass, in einigen Jahren, ich Buddhist bin und dann, wenn ich sterben werde, meine Leiche in ein oranges Tuch eingehüllt und verbrannt wird. – Und das Wort Steinofenpizza auf dem Transparent vor dem Restaurant, hat mich angezogen. Obwohl das hier wahrscheinlich nur eine Touristenfalle ist.

Und dann denke ich, dass ich allein bin, hier an dem Tisch, und mir gegenüber ein hagerer, hastiger, etwas knorrig wirkender Mann, unfreundlich, auch wenn er lächelt, und er fragt zweimal wo denn sein Essen bleibt, das er bestellt hat und den Vorspeisensalat hat er sich selber aus der Küche geholt, damit es schneller geht. Und ich schaue auf die Uhr, die da auf der Straße gegenüber dem Restaurant steht und es ist noch gar nicht so spät, ich habe Zeit, den ganzen Abend habe ich Zeit, und der Platz mir gegenüber, oder der Platz neben mir, ist leer. Ein paar Tische weiter sitzt ein Pärchen, sie ein kleines bisschen vollschlank, ein sehr warmes Lächeln und eine Haut die sehr weich aussieht, und er schlank, nicht ganz gerade das Gesicht. Deutsche oder Holländer oder Schweden, ich kann das nicht auseinanderhalten. Und sie hat eine Suppe bestellt, sie nimmt ein paar Löffel und er dann auch ein paar. Und mir gegenüber sitzt niemand der mit mir die Suppe teilt.

Mir wird kalt, trotz der Hitze, die auch jetzt noch in der Stadt ist. Ich streiche mit der Hand über das Hemd, die Ärmel und die Brust. Es ist feucht. Offensichtlich habe ich doch mehr geschwitzt als die Hitze verdunstet hat.

Und morgen werde ich wieder in València sein. Und wenn ich einen Tag später fahren würde, oder woanders hin fliegen würde, es würde auch keinen interessieren. Man könnte das für Freiheit halten, aber es sperrt mich ein.

Dabei ist alles so gut gelaufen. Und es könnte mir Selbstbewusstsein und Vertrauen geben. Gibt es mir wohl auch. Aber die Schleife der Angst, dass mein Körper nicht mehr funktionieren könnte, dass er eine Belastung nicht aushält, dass ich das Leben nicht aushalten könnte, die bricht immer wieder durch.

Ich schreibe dagegen an. Und dann ist es auch lächerlich. Ich habe Hunger, ganz normal Hunger und ich denke, dass mir schlecht wird, weil ich nichts gegessen habe. Dann esse ich so viel, dass mir davon wirklich schlecht wird und es im Magen drückt und ich nur auf der einen Seite liegen kann. Ich bin ein wirklicher Hypochonder.

Kann man sich selber aus dem Sumpf ziehen? Sich selber hineinzuziehen kann man auf jeden Fall und dann müsste es doch auch umgekehrt gehen. Oder?

Flieg kleine Hummel, denke ich wieder und wenn ich es könnte, würde ich es tun, weil ich gerade schon wieder vergessen habe, dass ich es kann.

Und dann ist da das andere, das ist richtig, ich werde älter und ich brauche mehr Ruhe, und ich kann nicht mehr eine ganze Nacht durcharbeiten und dann am anderen Tag auch noch fit sein. Aber manchmal kann ich auch nicht schlafen, so ruhig und tief, dass ich ausgeruht bin.

Ich liege auf dem Boden, jetzt in dem kleinen Zimmer unter dem Dach und schaue auf die Wolken. Bilder ziehen vorbei. Ein Mann, oder eine Frau, von einem Wolf gejagt. Der Wolf löst sich auf und ein lächelndes Gesicht folgt. Die Wolken ziehen schnell vorbei. Wie ein Film. Wahrscheinlich zu viel Shakespeare gelesen.

Alles ganz harmlos, wenn nur die Angst nicht wäre, dass beim Aufstehen wieder der Schwinde da wäre. Ich glaube schon beim Liegen spüre ich ihn. Aber mehr als komplett hinlegen kann ich mich doch nicht. Noch mehr Ruhe als ruhig da liegen geht nicht.

Ich sitze im Zug und frage mich in welcher Welt ich lebe, gerade, jetzt. Ein bisschen Zukunft wird Vergangenheit, und wenn der Zug gleich ankommt, ist noch etwas mehr Vergangenheit da. Soll ich ein Erinnerungsstück mitnehmen, oder einfach nur die Erinnerung so belassen wie sie ist.

Wo Evita jetzt wohl ist und was sie macht. Und wenn ich jetzt weiter denke, wird mir wirklich ganz schwer ums Herz und ich spüre wieder das Taubheitskribbeln in der linken Hand. Vielleicht sollte ich etwas essen.

Irgendwo hinter den Wolken, da liegt die Freiheit. Hinter den Wolken und nicht in dem *Was* ich in den

Wolken zu sehen versuche. Es ist so weit weg, dass es nur ganz tief in mir ist, das was die Freiheit möglich macht. Lange gelaufen, sehr lange, müde geworden, enttäuscht, gebrochen, verzweifelt und dann, doch noch wiedergefunden, so einfach und selbstverständlich, dass man es gar nicht merkt.

Wenn ich deine Küsse nicht mehr fürchte und auch nicht vermisse, und ich auch ohne dir in mir bin, und das Du nicht mehr fehlt, egal ob es da ist oder nicht und es in mir atmet, ganz ruhig, und gleichmäßig, still aber beständig. Was ist meine Angst gegen die Beständigkeit der Welt? Eine traurige Geschichte macht noch keinen Regenwald und der produziert doch die Luft, die wir zum Atmen brauchen. Keine Angst.

Epilog

Zweieinhalb Jahre später habe ich Evita noch einmal gesehen, in Córdoba, auf der Straße, zufällig, ganz kurz. Ich war auf dem Weg zum Bahnhof, eilig. Sie auf dem Bürgersteig, auf der anderen Seite. Ihr Gesicht in der Masse der Passanten. Sie hat mich angeschaut. Wir sind aufeinander zugegangen.

Ich muss wohl den Eindruck gemacht habe weiter zu wollen. „Warte einmal", hat sie gesagt. Wir haben ein paar Worte gesprochen, auf der Fahrbahn, mitten im Verkehr.

Es war nicht viel, fast nichts. Doch ich denke oft daran und irgendwie war es gut. Endlich.

Inhalt

Introduktion 7

Alpträume 15

Die Stadt 19

Schläge im Kopf 25

Schläge real 29

Seelenstaub 37

Hundepeitsche 41

Fusion 47

Eingekapselt 51

Restaurant 57

Dunkle Nächte 69

Mariola 73

Sprachregelung 77

Weinende Augen 81

Fremd 83

Kennenlernen 87

Vergangenheit 89

Schnitt in den Kopf 91

Schrei 95

Der große Raum 101

Prüfungsangst 109

Nacht 113

Blut hinter den Ohren 115

Domina 119

Nichts getan 125

Rock und Bluse 131

Nach dem Po ins Gesicht 135

Wieder die Faust vor die Stirn 137

Kreis 139

Lüge 145

Transkription   147
Fast vergessen   151
Traum   155
Von Zuhause geträumt   161
Kindergartenausflug   165
Regen   169
Unter der Decke
    Phantasie Nummer 254   175
Aus der Nacht   181
Hinter den Wolken   187
Epilog   193

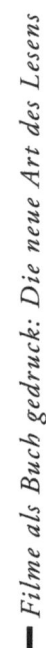

Filme als Buch gedruck: Die neue Art des Lesens

Alexandra M. Schumacher

Dunkle Villa

A&S

Das Transkript eines ungewöhnlichen Filmes. Die Geschichte einer Villa, die private Sammlung eines Museumsdirektors und die Liebe zweier Frauen, die an den sexuellen Neigungen ihrer Männer, trotz einiger krimineller Machenschaften, dann letztendlich doch nicht scheitert.

Ellis Bell Edition № 1818

ALEXANDRA PETERSON

Sexualität der Einsamkeit

ROMAN

PSYCHOGRAMM EINER NEIGUNG

HERAUSGEGEBEN VON
MICHAELA PETERSON

REZENSION VON
PETER FERACHAUX

ELLIS BELL EDITION NO. 1818

Dieser Roman erzählt die Geschichte einer erfolgreichen Rechtsanwältin in einer internationalen Wirtschaftskanzlei. Eine von außen betrachtet glänzende Karriere. Doch es ist auch die Geschichte eines erdrückend einsamen Lebens, einer hermetisch abgekapselten Sexualität, grausamer Alpträume und schrecklicher Verirrungen einer Frau auf der Suche nach ihrer Identität.

Edition Hochgrab